F.U. Ricardo

Mit Scherz und Schmerz zum Herz

F. U. Ricardo

Mit Scherz und Schmerz zum Herz

Ricardo, F.U.
Mit Scherz und Schmerz zum Herz
– 1. Aufl. – 2010
Herstellung und Verlag:
Books on Demand GmbH, Norderstedt (www.bod.de)
ISBN: 978-3-8391-5285-0

Umschlagbild:
Castillo San Pedro de la Roca
© Daniel Frey (GNU Free Documentation Licence)

*Nicht immer fröhlich sind,
die fröhlich scheinen.
Ich habe oft gelacht,
um nicht zu weinen!*

*Peter Rosegger
(österreichischer Schriftsteller, 1843-1918)*

Vorwort

Humor bedeutet oft auch etwas versteckte Traurigkeit. Kann er sogar Ausdruck einer gewissen Resignation sein? Gewiss nicht immer, aber manchmal schon!

Ist Satire nicht auch oft ein Versuch, aus der Misere zu flüchten, sich abzulenken, als nur einen Treffer zu landen für Verhältnisse, Zustände und Personen, die man aufs Korn nehmen will?

Also Arbeit für Psychologen und Psychiater? Vielleicht! Manchmal müssten aber auch diese sich selbst behandeln lassen infolge einer gewissen „Deformation professionelle"!

Wen also befragen? Vielleicht einfach auch mal sich selbst, und dies in einer schöpferischen Stille, insofern dies heutzutage überhaupt noch möglich ist. Und dabei halt wirklich in Gottes Namen den echten und wahren Sinn des Lebens suchen!

Dies kann ein langer und mühsamer Prozess werden. Aber es lohnt sich, die ersten Schritte zu wagen!

1

Kuba, die Zuckerrohr- und Tabakinsel, mit der langen, oft auch traurigen und verworrenen Geschichte, schliesslich mit der Revolution durch Che Guevara und Fidel Castro; Kuba mit seiner landschaftlichen Vielfalt und Schönheit und den Traumstränden, mit der früheren Sklaverei, den vielseitigen Miseren und trotzdem doch meist fröhlichen Menschen mit überschäumender Lebensfreude, das alles kann innerhalb von vierzehn Tagen der sonnenhungrige Tourist am weissen Sandstrand der Karibik natürlich kaum je richtig kennenlernen.

Auch Rico Wagner aus Nürnberg bisher nicht, der sich als junger Medizinstudent kurz vor dem Abschluss seines Studiums einen lang gehegten Traum erfüllen konnte und zwei Wochen Badeferien buchte. Dabei lernte er Margarita, eine wirklich reizende, kaffeebraune Schönheit, aber auch etwas scheue Kellnerin in seinem Hotel näher kennen. Dies sehr zum Missfallen des Obers, ja, eigentlich des ganzen Hotelpersonals bis hin zur Direktion.

Engere private Kontakte zwischen Touristen und Angestellten sind nicht nur äusserst ungern gesehen, sondern dem Personal eigentlich untersagt! Aber wenn der Funke zündet und zum Feuer der Leidenschaft wird, wer will und kann dies aufhalten?

Der weit herum bekannte zwanzig Kilometer lange weisse Sandstrand von Varadero, der mit seinen Palmenhainen, den warmen Gewässern und den spektakulären Sonnenuntergängen der Karibik lockt, hat inzwischen aber leider vielfach das Lokalkolorit verloren. Hotelpaläste, die vor allem um 1990 aus dem Boden gestampft wurden, beherbergen allein hier jährlich eine halbe Million Touristen.

Dafür eine zehnstündige Flugreise in den eingeklemmten Ecositzen und vollgestopften Maschinen auf sich zu nehmen, das überlegen sich inzwischen viele Ferien- und Sonnenhungrige. Wenn man doch ähnliche Rummelplätze viel näher erreichen kann. Jedenfalls stagniert die Zahl der Urlauber seit einiger Zeit.

Trotzdem, Rico Wagner wollte einfach auch mal in karibischen Gewässern plantschen und wenigstens einmal im Leben die Antillen besuchen. Auch lockte ihn das nahe Havanna, die heissblütige Musik, die überall in der Luft liegt. Er wollte auch mal die dort wunderbarerweise immer noch herumstotternden steinalten amerikanischen Riesenschlitten sehen, obschon seit Jahr und Tag keine Ersatzteile mehr vorhanden waren und obschon diese Vehikel wahre Dreckschleudern und Benzinfresser sind.

Die Altstadt von Havanna, die Zwei-Millionen-Metropole, zählt seit 1982 zum Weltkulturerbe der UNESCO. Viel wird restauriert, aber längst nicht alles. Die alten kolonialen Prachtbauten verfallen leider vielerorts. Und doch weht ein faszinierender Charme über allem, wenigstens für den flüchtigen Besucher. Vermutlich weniger für die dortigen Bewohner, die sich aber immer wieder mit bewundernswertem Erfindungsreichtum und vor allem auch mit etwas melancholischer Fröhlichkeit und einem gewissen Fatalismus zu helfen wissen.

Wie lange noch? Es brodelt immer etwas mehr im Versteckten!

Auch Rico verfiel diesem besonderen Ambiente und schlenderte sogar durch Strassen und Quartiere, in die sich selten ein Tourist verirrte.

„Ob dies gefährlich ist?", fragte er sich manchmal. „Aber in sogenannten sozialistischen oder kommunistischen Ländern ist die Kriminalität doch meist viel geringer und alles unter Kontrolle!", beruhigte er sich selbst.

„Ob man aber diesen ‚Berichten und Statistiken' glauben kann? Ob diese nicht bewusst geschönt sind? Nun, ich glaube, alle Statistiken sind irgendwie zurechtgebogen, und zwar überall! Wie sagte einer meiner Kollegen mal: ‚Ich glaube prinzipiell nur den Statistiken, die ich selbst gefälscht habe'!"

2

Rico Wagner „verfiel" aber noch vielmehr dem Charme und dem Liebreiz von Margarita. Als er ihr im seinem Hotel „Iberostar", ein eigens im Kolonialstil erbautes Luxushaus, diskret mitteilte, dass er nochmals zu einem Bummel nach Havanna aufbrechen und sie dazu einladen wolle, meinte diese ziemlich erschrocken:

„Señor Wagner, das ist für Sie und für mich viel zu gefährlich!"

„Warum gefährlich, Margarita? Ich tue Ihnen doch nichts!"

„Sie vielleicht nicht, aber es ist uns nicht gestattet, mit Gästen unseres Hotels näheren Kontakt und Umgang zu pflegen!"

„Dann beauftrage ich Sie einfach als meine persönliche Reiseführerin und nehme die ganze Verantwortung auf mich! Abgemacht?"

„Ich will es mir überlegen!"

„Nicht lange überlegen! Einfach mitkommen", bettelte Rico und versuchte dabei verführerisch zu lächeln.

Als am selben Tag Margarita in einem raffiniert geschnittenen Bikini am Hotelstrand auftauchte, was eigentlich für Angestellte auch nicht erlaubt war, war er von ihrer umwerfenden Weiblichkeit, ihrem verführerischen Körper, ihrer erotischen Ausstrahlung, von ihrer ganzen Persönlichkeit einfach völlig hingerissen.

Wann denkt denn ein junger Mann bei einer solchen Venus nicht auch an Sex?

Das war das eine. Aber da war noch etwas anderes, weit Eindringlicheres! Da war ihre innere Ausstrahlung, ihr Charme, ihre Grazie, ihr Geist, ihre Melancholie einerseits und zum andern doch auch ihre südländische Fröhlichkeit, ihre unergründlichen Augen, deren Farbe man nie richtig beschreiben kann. Ja, was war denn eigentlich noch? Einfach ihre ihn völlig in den Bann ziehende Persönlichkeit, die ihn als Mann elektrisierte, aber noch mehr innerlich erwärmte wie nie ein Mensch jemals zuvor es vermocht hatte!

„Das muss eine Empfindung meiner Seele sein", durchfuhr es ihn, „obschon ich als angehender Mediziner und Akademiker immer etwas Mühe habe mit Begriffen wie Gott, Seele, Himmel, Hölle und dergleichen, denn immer bin ich Suchender und Zweifelnder. Hin und hergerissen zwischen Atheist-, Agnostikersein und bin dann doch wieder auch ein kritisch manches hinterfragender Gläubiger."

„Aber ich möchte einfach immer mit Margarita zusammen sein und sogar mein ganzes Denken und Fühlen, mein ganzes Spektrum an Fragen und Freuden mit ihr teilen! Ich weiss, ich bin vielleicht etwas verrückt angesichts solcher Gedankengänge, aber ich bin bei dieser Vorstellung meiner Zukunft auch glücklich wie nie zuvor in meinem Leben!

Ich weiss, das klingt zu sehr nach Schmalz und Kitsch, für mich aber ist es wie die beginnende Erfüllung eines sinnvollen Daseins! Einfach wie ein Traum und nicht nur das innere Abbild eines farbenprächtigen karibischen Sonnenaufgangs oder Untergangs!"

3

Im Jahre 1998 besuchte auf Einladung von Fidel Castro der polnische Papst das sonst doch sehr abgeschottete Land. Offiziell herrscht zwar Religionsfreiheit, wie in manchen anderen Ländern auch. Aber es soll mal jemand versuchen, in Kuba eine neue Religionsgemeinschaft zu gründen und zu etablieren und sogar die Bewilligung zu einem Kirchenbau einzuholen! Er wandert gewiss diskret ins Gefängnis oder, wenn er Glück hat, bestenfalls ins nächste Flugzeug nach Hause zurück und figuriert für die nächsten hundert Jahre vermutlich auf einer schwarzen Liste.

Noch heute wird gerätselt, was Castro mit dem Papstbesuch bezweckte. Ohne Zweifel dachte dieser an einen oder vielleicht mehrere Schachzüge, und gewiss kaum im Sinne einer Stärkung der römisch-katholischen Kirche auf seiner Insel. Erhoffte er sich im Gegenzug gewisse Reaktionen aus den USA? Immerhin wurde das Embargo der Vereinigten Staaten gegen Kuba damals etwas gelockert. Und immerhin wurden ein paar Eingesperrte aus Kubas Gefängnissen entlassen. Und immerhin stand Fidel Castro auf der Weltbühne für eine gewisse Zeit für manchen nicht mehr als der grosse Bösewicht da. Und immerhin konnte eine solche Geste vielleicht sogar weitere Touristen anlocken. Denn immerhin gibt es sogar in Varadero eine katholische Kirche!

Vielleicht aber erinnerte sich auch der Máximo Líder an die abschätzige und spöttische Frage von Väterchen Stalin anlässlich der Konferenz zu Jalta 1944, also vor dem sich abzeichnenden Ende des Zweiten Weltkrieges: „Wie viele Divisionen hat der Papst?"

Vielleicht war sich Genosse Fidel sogar auch der Tatsache bewusst, dass hinter den Kulissen der Papst in Polen und indirekt auch im ganzen Ostblock eine gewichtige Rolle spielte, die schliesslich mit zum allmählichen Zusammenbruch des sozialistischen Systems beigetragen hat. Vielleicht wollte er die indirekten „Divisionen des Papstes" im eigenen Land etwas neutralisieren?

Vielleicht dachte er aber auch an die riesige Anzahl der Exilkubaner in Florida, die nach einer solchen Geste seinerseits versöhnlicher gestimmt würden. Immerhin war eine grosse Zahl der Intelligenzija von Kuba geflohen und damit sicher auch direkt oder zumindest indirekt grosse Geldmittel durch die verschiedenen Flüchtlingsströme abgeflossen.

Nun ist Fidel offiziell krank, und sein Bruder Raúl übernahm das Kommando! Wirklich? Nach wie vor fürchten aber die Machthaber eine andere geheime Macht, nämlich die der Religion. Vermutlich sitzen im Kultusministerium die härtesten Knochen und spekulieren: „Nur kein zweites Polen! Nur nicht ein Zerfall wie in der Sowjetunion! Stärke und Härte zeigen nach Innen, und liberales sowie weltoffenes Denken nach aussen. Und dabei natürlich die willkommenen Milchkühe der Touristenheere diskret observieren!"

Genau so dachte auch die sich äusserlich sehr bescheiden gebende, aber sehr intelligente und aufgeweckte Margarita über das Hin und Her der Regierung ihres Landes. Woher hatte diese denn nur solches Wissen und solche Gedankengänge? Vermutlich auch von ihrem Bruder, der in Havanna lebt und im kubanischen Geheimdienst als Major tätig ist!

Als Rico Wagner dies alles aus ihrem Mund hörte, wuchs seine Wut gegen dieses System, sogar sein Hass gegen die allgegenwärtige Überwachung, aber auch seine Liebe zu Margarita ins Unermessliche. Und dazu auch seine Lust, allen diesen Saukerlen bei Gelegenheit mal ein Schnippchen zu schlagen.

Er zermarterte sich sein Hirn, wie er Margarita aus dem Inselstaat herausschmuggeln könnte. Es gab hier keine Mauer wie in Berlin und keinen Eisernen

Vorhang. Aber rund herum war Wasser! Und „durch die Luft" abzuhauen schien ebenso unmöglich wie auf dem Wasserweg.

„Aber verdammt noch mal: Dies taten doch in den letzten Jahrzehnten Hunderttausende! Warum Margarita und ich denn nicht? Ich will dies ganz subtil mit ihr besprechen! Klappt es diesmal nicht, so ist mein nächster Urlaub hier bereits geplant, und zwar nicht erst in einem Jahr!"

Der allgegenwärtige Geheimdienst, auch in den Hotels, die stetige Observation auffälliger Touristen, liess bereits in diesen Augenblicken Margaritas Bruder eine neue Akte über einen gewissen Touristen aus Deutschland namens Rico Wagner anlegen. Zumal der Herr Major eifersüchtig bewachte wie der Teufel! Wie meist in ähnlichen Fällen auch hier zwar bisher absolut ohne Grund.

4

Wirklich, Havanna ist nicht nur sehenswert, sondern liebenswert. Rico und Margarita schlenderten an dem Malecón de La Habana entlang und sahen tausend Dinge. Aber eigentlich sahen sie doch nur sich selbst. Sich noch verliebter zu zeigen als die beiden, hätte eindeutig die Grenze zum Kitsch überschritten. Aber niemandem der Einheimischen fiel dies besonders auf. Wenigstens nicht den „normalen" Einheimischen. Gut, der Mann war wirklich sehr weiss und sicher ein Fremder, und die Frau vermutlich eine Kubanerin. Aber was soll's? Jede zweite Frau in Kuba wünschte sich so eine Bekanntschaft.

„Vielleicht ist die Sache echt! Da soll's ja geben! Oder dann kriegt die Frau hundert Dollar! Auch nicht schlecht, denn dafür kann man sich zumindest kleine Träume kaufen", so dachten sich manche leise lächelnd.

„Wenn diese sehr attraktive Frau weniger verlangt, ist sie ein Dummchen. Der Caballero an ihrer Seite sieht nicht so aus, als müsse er die Dollars einzeln zählen. Natürlich, Prostitution ist bei uns offiziell verboten. Aber gerade die gleichen Herren, die solche Gesetze erlassen, sind meist die besten Kunden gewisser Etablissements! Was für eine Scheinwelt, in der wir leben! Gerade darum wollen wir das Beste daraus machen und uns an dem freuen, was wir haben!"

Der Geheimdienst hatte seine Augen wirklich überall. So wurden auch die zwei Spaziergänger in der Zentrale gemeldet. Zumal der Señior an der Seite der Einheimischen ja vielleicht ein Spion oder ein Konterrevolutionär sein könnte. Der Vorgesetzte, der gelangweilt auf seinem abgewetzten Stuhl hin und her rutschte, meinte mit verdriesslicher Stimme: „Weiter beschatten und mir melden! Vielleicht stosse ich zu euch!"

Dass es sich bei diesem Vorgesetzten ausgerechnet um Margaritas Bruder, Major Pedro Cabanas handelte, konnte niemand wissen, ausser vielleicht der Teufel. Aber an den sollte man als guter Sozialist und Geheimdienstmann ja sowieso nicht glauben, wenigstens nicht offiziell.

Pedro Cabanas wurde seinerzeit ausgerechnet von einem KGB-Major namens Pjotr Semenjow in die Ränke und Künste der Geheimdienste eingeführt, als die Russen noch das absolute Sagen hatten auf der

Insel, die ja nur einen Katzensprung von Miami entfernt liegt.

Vermutlich stand die Welt damals am Abgrund eines Atomkrieges. Und leider durchschauten nur wenige wirkliche Patrioten Kubas die Machenschaften der Sowjets. Sie waren zu sehr enttäuscht von den anderen Machenschaften der USA auf ihrer Insel, und zwar in der älteren und jüngeren Geschichte. Darum erfüllte manchen Kubaner an verantwortlicher Stelle die Stationierung sowjetischer Raketen mit Stolz, auch wenn dies absolut geheim gehalten wurde. Aber was ist schon geheim?

Rico und Margarita schlürften einen Cuba Libre in einer Bar, in der schon Hemingway dieses Nationalgetränk in Unmengen in sich hinein geschüttet haben soll. So sehr man die Amerikaner hasst, so sehr war dieser berühmte Schriftsteller natürlich an jeder Ecke schon ein und ausgegangen. „Der alte Mann und das Meer" verhalf nicht nur Hemingway zu Ruhm, sondern auch Kuba, zu Ruhm und Rum ohne „h"!

Der Cuba Libre ist ein Longdrink auf Rum-Basis mit Limetten, Cola, Rum und Eiswürfeln. Er lockert Gemüt und Zunge, vor allem nach dem zweiten und dritten Glas.

Trotzdem sah sich Margarita teils neugierig und teils ängstlich um, mit dem bohrenden Gedanken, jederzeit von grünen Uniformen oder noch schlimmer von Zivilpersonen befragt zu werden nach ihrem Woher und Wohin, und vor allem nach ihrem Begleiter Rico. Dieser wurde nach dem dritten Cuba Libre immer unbesorgter und gesprächiger und liess durchblicken, was in seinem Kopf an Fluchtgedanken kreisten.

So sehr sie diese Pläne völlig elektrisierten, so sehr sie sich bis ins Innerste freute, so sehr aber wuchs auch ihre Angst vor möglichen Schwierigkeiten und Konsequenzen. „Ich liebe dich Rico, wie ich nie jemand geliebt habe und jemals wieder jemanden lieben werde. Ich weiss nicht warum, aber alles traf mich wie ein Blitz! Nur, eine Flucht mit dir wird unmöglich sein!"

„Nichts ist unmöglich! Es sind schon Hunderttausende geflohen!", erwiderte Rico.

„Und ebenso viele dabei umgekommen! Sogar in zu kleinen Schiffchen umgebauten alten Badewannen, mit denen sich einige Verrückte aufs Meer hinaus wagten!", meinte Margarita traurig.

5

„Siehst du Gespenster?", meinte Rico plötzlich mit einem etwas besorgten Lächeln zu Margarita, als diese erschrocken und dann wie erstarrt zum Eingang der Bar blickte.

„Nein, dort kommt mein Bruder!", stotterte sie.

„Lass ihn kommen und mit uns einen Cuba Libre trinken! Wir haben nichts verbrochen und nichts zu verbergen!"

„Du kennst unser System nicht, Rico! Wir sind in Gefahr! In tödlicher Gefahr!"

„Buenos Días!", schnarrte Pedro Cabanas, an den Tisch der beiden tretend. Seine beiden Begleiter blieben auf eine herrische Handbewegung seinerseits an der Tür der Bar stehen, um Fluchtwege abzuschneiden. „Margarita, bitte geh sofort zurück in dein Hotel. Ich weiss, du hast heute deinen freien Tag. Aber wir müssen mit dem Señor hier allein sprechen! Einer meiner Begleiter wird dich mit seinem Wagen zurückbringen!"

Kreidebleich trotz ihrer sonst so seiden glänzenden braunen Haut und ohne ein Wort stand Margarita auf, mit einem wehen Blick auf Rico. Tränen kullerten über ihre Wangen, aber kein Wort kam über ihre Lippen. Angst, aber auch Trotz und Stolz flammten in ihr auf, als sie von einem weiteren Agenten, der bis jetzt unerkannt in der Bar sass, etwas unsanft angefasst wurde.

„Fassen Sie mich nicht an! Ich kann alleine gehen", zischte sie den Mann an.

„Señor, weisen Sie sich aus! Benehmen Sie sich nicht wie ein Flegel! Die Dame steht unter meinem Schutz, und wenn Sie sich nicht augenblicklich wie ein Caballero benehmen, so verhaue ich Ihnen ihre Fresse!" Mit diesen heftig hervorgestossenen Worten stand Rico drohend auf. Er bemerkte aber sofort, dass Wort und Gestik ihre Wirkung total verfehlten und an dem Kubaner wie an einer Betonmauer abprallten.

Inzwischen verliess Margarita die Bar mit einem stolzen Gang wie eine Königin, obschon sie meinte, ihre Knie würden zittern und die Beine nachgeben.

„Señor, Sie sind deutscher Tourist. Zuerst mal willkommen in Kuba! Entschuldigen Sie, dass wir nicht gut deutsch sprechen. Die Zeiten, als aus der befreundeten DDR viele Berater hier tätig waren, sind leider vorbei. Aber Sie sprechen gut Englisch. Wollen wir uns in dieser Sprache unterhalten?"

„Woher kennen Sie meinen Namen, woher meine Sprachkenntnisse, woher wissen Sie, dass Margarita und ich hier sind? Und zum Teufel, wer sind Sie und was gibt Ihnen das Recht, sich so pöbelhaft an unseren Tisch zu wagen?"

Kalt lächelnd erwiderte Pedro: „Gestatten: Major Pedro Cabanas vom kubanischen Geheimdienst! Hier mein Ausweis!" Er hielt Rico seinen Dienstausweis extra so dicht unter die Nase, dass dieser den Wisch kaum lesen konnte. „Sie stellen viele Fragen auf einmal. Nun, Sie werden auf alles eine Antwort bekommen. Und wir unsererseits auf unsere Fragen auch von Ihnen! Seien Sie sich einfach versichert: Wir wissen alles über jeden!"

„Das sagte der Stasi der DDR auch! Jene Leute rühmten sich sogar, der bestorganisierte Geheimdienst der Welt zu sein. Dabei erstickten diese in ihrem sogenannten Wissen über alles in ihren Aktenbergen und wussten und merkten bis zuletzt nicht mal mehr, dass ihr Staat am Zerbrechen war. Und dies trotz der vielgerühmten deutschen Gründlichkeit!", meinte Rico, nun immer wütender den Major anfauchend.

Major Cabanas drückte Rico ziemlich unsanft auf seien Hocker zurück. „Sie vergessen, Herr Wagner aus Nürnberg, dass inzwischen gescheite Computer gescheite Datenbanken führen, von denen euer Hitler und auch später der SED nur träumen konnten. Die Japaner liefern gerne auch uns solche Geräte. Sonst machen einfach die Chinesen das Geschäft, nachdem diese zuvor vielleicht deutsche Hightech-Daten dafür gestohlen haben!"

„China? Das ist gut!", meinte Rico mit verächtlichem Ton. „Eure neuen ideologischen Freunde also? Ungefähr so wie früher die Sowjets? Ihr seid doch einfach Idioten! Glaubt ihr wirklich an eine solche Freundschaft? Vielleicht sind in gewissen Computer-Chips Dinge eingebaut, die es den Chinesen erlauben, alle eure Datenbanken laufend zu überwachen und zu klauen! So, und nun rufen Sie sofort die Dame, die an meiner Seite war, zurück, Sie Lümmel!", brüllte nun Rico kochend den Major an.

„Diese ,Dame', wie Sie sie nennen, ist meine leibliche Schwester und Serviererin in Ihrem Hotel. Ich glaube nicht, dass Sie sich die Frechheit herausnehmen wollen, mir zu befehlen, was ich zu tun habe und was mit ihr geschieht! Vielleicht wissen wir ja gerade durch diese ,Dame' so viel über unsere Touristen im Hotel ‚Iberostar'!", lächelte Cabanas unverschämt.

„Euer System war, ist und bleibt überall das Gleiche, eine echte Schweinerei! Jeder gegen jeden. Und die Funktionäre sind überall die gleichen Schweinehunde!", tobte Rico weiter. Aber ein kleiner Stachel des Misstrauens sass nun in seinem Inneren und würde ihm vermutlich noch sehr weh tun und sehr lange plagen.

„Señor, wir führen unsere erspriessliche Diskussion im Ministerium fort. Kommen Sie unauffällig mit! Und bitte keine Ausfälligkeiten mehr! Sie als Deutscher sollten doch am besten wissen, dass Beamtenbeleidigung schwer geahndet werden kann!"

„Aha, Sie haben ein Aufnahmegerät dabei? Bin ich verhaftet? Dann verlange ich sofort den deutschen Botschafter zu sprechen und einen Anwalt!"

„Das können Sie alles von meinem Büro aus tun. Nein, verhaftet sind Sie nicht, noch nicht!", meinte der Major gedehnt. Aber seien Sie vorsichtig mit Ihrer Wortwahl. Ich wiederhole mich bewusst: Beamtenbeleidigung auch in Ihrem schönen Rechtsstaat Deutschland schon eine Straftat!"

„Bei Beamten ja, aber nicht bei Folterknechten!"

„Folterknechte? Ja, die haben wir tatsächlich hier! Und zwar bei euren Freunden, den USA, nämlich in Guantánamo! Schon mal was davon gehört?"

„Ich mache hier Urlaub, nicht Betrachtungen über Weltpolitik", erwiderte Rico giftig. Macht doch euren Dreck mit anderen Ländern allein aus und lasst uns Touristen in Ruhe!"

„Vielleicht ist Ihr Urlaub hier nur Tarnung. Aus Ihrem bisherigen Verhalten müssen wir dies jedenfalls schliessen!"

6

Das Büro des Geheimdienstmajors war spartanisch eingerichtet. Oder war dies hier schlichtweg nur ein Verhörraum? Eine nackte Glühbirne voller Fliegendreck baumelte von der Decke. Ein zerkratzter Metalltisch, ein altmodischer Telefonapparat, zwei wackelige Stühle, ein etwas verbeulter Aktenschrank aus dem vorigen Jahrhundert, der an einer schimmeligen und fleckigen Wand klebte, und darüber natürlich das Konterfei des gütigen Landesvaters und Revolutionärs Castro in seiner grünen Uniform anlässlich einer seiner berühmten dreistündigen Reden vor Hunderttausenden.

Hingegen aber waren da für Normalbürger mit schlechtem Gewissen furchteinflössende modernste Kameraaugen und Aufnahmegeräte sichtbar. „Gute Kulisse für einen Spionagefilm!", dachte Rico. Aber auch er war innerlich sehr unruhig, wenn nicht sogar ängstlich.

Man liess den Delinquenten natürlich zuerst mal eine gute Stunde warten. Bei manchen hier Sitzenden bedeutete dieses Warten sicher schon eine innere Zerreissprobe und eine kleine psychologische Folter. Bei Rico eigentlich auch, aber nun doch in eher umgekehrter Richtung. Seine angestaute Wut übersteigerte seine Sorge ins Unermessliche.

„Wenn endlich einer dieser grünen Männchen hereinkommt, so glaube ich, schlage ich dem blöden Hund mit einem dieser Stühle den Schädel ein", fluchte er vor sich hin. „Weder für Stuhl noch Schädel ist es zu schade!"

Aber es kam zunächst kein „grünes Männchen", sondern eine sehr attraktive Dolmetscherin hereinspaziert. Ein Wesen wie von einem andern Stern. Rico staunte für einen kurzen Augenblick dieses wirklich sinnliche Geschöpf an und dachte sich dann aber plötzlich „Auch so ein alter und abgewetzter Trick der Geheimdienste, mit der ‚Femme fatale' zu operieren. Trotzdem meinte er zu dieser Diva in seiner Wut:

„Was soll das ganze Schmierentheater hier! Wo ist der Boss?"

„Psssst", meinte das erotischste Wesen, das Rico je dreidimensional gesehen hatte, und hielt den Zeigefinger an gestylte Lippen, die in einer anderen Situation förmlich zum Küssen einluden.

„Solche Lippen können nicht echt sein", durchfuhr es Rico. „Da hat ein sogenannter Schönheitschirurg ganze Arbeit geleistet. Vermutlich nicht nur dort. Das mag ja gut sein für Werbekataloge und Fernsehspots, aber hier wirkt das alles einfach lächerlich!"

Seine Gedanken wurden unterbrochen durch den feierlichen und ernsten Eintritt, nein, wieder keiner „grünen Männchen", sondern drei gut gekleideter Herren mit Massanzügen vermutlich noch russischer „Bauart".

„Das Verhörtribunal kann also beginnen", dachte Rico.

„Nur, warum fehlt denn der ehrenwerte Major Pedro Cabanas? Und warum diese Marionette von Dolmetscherin? Jedenfalls Personalmangel haben die hier nicht. Mensch, was kostet es den Staat, einen solchen Unsinn zu betreiben? Aber wie ist es bei uns zu Hause? Inzwischen stehen ja auch wieder deutsche Soldaten am Hindukusch und schwimmen deutsche Pötte mit Kanonen auf vielen Gewässern, natürlich alles nur zur Friedenssicherung. Was für ein Zirkus überall auf der Welt!"

Ziemlich grob wurde Rico aus seinen philosophischen Betrachtungen gerissen, als einer der drei Herren in Spanisch ihn anherrschte und die Erotik-Puppe dies in fast akzentfreiem Deutsch übersetzte:

„Herr Rico Wagner, Medizinstudent aus Nürnberg: Sie sind verdächtigt, in unserem Land als Spion für den kapitalistischen Westen tätig zu sein. Hiermit wird Anklage gegen Sie erhoben, und Sie werden bis zu Beginn des Prozesses in Haft genommen."

„Wo ist Major Cabanas?"

„Señor Cabanas hält sich von diesem Verfahren fern, weil seine leibliche Schwester eventuell in den Fall involviert und verwickelt ist."

„Verwickelt seid ihr in eurem paranoiden Wahn, überall Spione zu sehen! Ich verlange unverzüglich, mit der deutschen Botschaft Kontakt aufzunehmen!"

„Sobald die Anklageschrift vorliegt und alle Abklärungen getroffen sind, wird Ihnen dies zugestanden. Auch wird Ihnen im Fall eines Prozesses ein Pflichtverteidiger zugewiesen!"

„Und die Abklärungen vor einem Prozess dauern ein halbes Jahr? Und der Pflichtverteidiger ist ein von euch gekaufter Halunke?", schrie Rico ausser sich. Er vermutete, dass „die Puppe" seine Worte nicht ganz sinngemäss übersetzte und meinte zu ihr: „Ich fordere Sie auf mich korrekt zu übersetzen!"

Diese schenkte ihm einen unerforschlichen Blick, den man auf verschiedene Weise deuten könnte, schwieg aber vermutlich aus Vorsicht. „Jeder gegen jeden, immer das gleiche Prinzip!", durchfuhr es Rico. „Kann man sich vielleicht dieser ‚Puppe' benutzen?"

„Sie kommen doch aus Nürnberg, nicht? Also, wie lange dauerte der Nürnberger Prozess, bei dem man wenigstens einen Teil der Nazi-Grössen der gerechten Strafe überführen konnte?", meinte einer der russischen Massanzüge säuerlich. „Stehen dort eigentlich noch die Ruinen des Grössenwahns eures Führers, der unsere Freunde in Russland als Untermenschen vernichten wollte?"

„Seid ihr denn ganz verrückt geworden? Was hat denn Hitler und der Nürnberger Prozess mit mir und mit uns hier zu tun? Wann endlich hört man auf mit diesen alten Kamellen, für die wir Jungen überhaupt nichts können? Was unsere Grossväter angerichtet haben, sollen also wir auch heute noch ausbaden?"

„Und nur zur Vervollständigung eures Geschichtsunterrichts: Väterchen Stalin hat mehr Menschen auf dem Gewissen als unser Scheusal Hitler. Was aber habe ich als friedlicher Tourist mit dem Zweiten Weltkrieg zu tun? Seid ihr wirklich total bescheuert oder einfach total paranoid? Heute kann man mit Spionagesatelliten jeden Quadratmeter lokalisieren und jeden Gesuchten aufspüren. Dazu braucht es keine Touristen!"

Und zur Übersetzer-Puppe gewandt ergänzte Rico erneut: „Bitte übersetzen Sie meine Worte richtig und nicht beschönigend. Ein wenig Spanisch verstehe ich nämlich auch!"

Wieder dieser undefinierbare Blick, der ihn aus ihren Katzenaugen traf!

„Sie hören morgen von uns!", meinte der Sprecher des Tribunals. Vorläufig werden Sie in Sicherheitsverwahrung genommen. Sollten Sie Widerstand leisten, so wissen Sie als Medizinstudent gewiss recht gut, welche Stellen am menschlichen Körper besonders empfindlich sind und welche Nervenbahnen das Gehirn zum Explodieren bringen. Und kommen Sie uns nicht mit Medienberichten über Kuba und dem dort herrschenden System nach Ihrer Rückkehr. Erstens sind Sie ein kleiner Fisch, und zweitens merken Sie sich die Warnung, dass bei unkooperativem Verhalten eine Rückkehr nach Deutschland für Sie sehr fraglich ist!"

„Und mit kleinen Fischen geben Sie sich solche Mühe?"

„Abführen!"

Nun wirklich in Angst und Schrecken versetzt, wurde Rico in eines der zahlreichen Gefängnisse in Havanna überstellt, die zum Teil noch aus alter Zeit stammen und für die noch nie ein Renovations- und Erneuerungsbudget ausgesprochen wurde.

7

Der Zustand des Verliesses und der dortigen Zellen, in das Rico wenig später unsanft gestossen wurde, spottet wirklich jeder Beschreibung. Dass ihm Handy, Kreditkarten und Pass abgenommen wurden, war selbstverständlich. Er kannte und erfuhr nicht einmal den Namen dieser alten früheren Festung, die so nahe am Wasser stand, dass bei mittlerem Seegang und bei Flut Gischt und Wellenkämme des Salzwassers den ganzen Steinboden seines Lochs netzten und ihn trotz der meist schwülen Tropenluft frösteln liessen.

„Hier überlebt wohl keiner der Insassen nur ein paar Monate!", dachte schauernd Rico. „Aber dies ist vermutlich extra so geplant, um Kosten zu sparen!"

Zu den Ratten, die überall herumhuschten und alles beschnupperten, zum fliegenden und schleichenden Ungeziefer kamen die fragenden Blicke eingefallener Augen aus halben Totenköpfen ausgemergelter Gestalten, die ihn unentwegt anstarten und in einem

Kauderwelsch von Sprachfetzen fragten, woher er komme und warum er hier einsitzen müsse.

Hinzu kam seine eigene bohrende Frage, die ihm fast das Herz erstarren liess, wie lange er hier wohl vegetieren musste. Körperliche Schmerzen können grauenhaft sein. Aber seelische Martern können in kurzer Zeit verrückt und wahnsinnig machen.

Mit der Zeit konnte er seinen Leidensgenossen einigermassen klar machen, wer er war und woher er kam. Warum er aber hier einsass, darauf kannte ja er selbst keine Antwort. Auf Ricos Fragen mit spanischen und englischen Sprachfetzen und mit Gesten aller Art bekam er meistens nur ein Kopfschütteln und Achselzucken. Offenbar wusste keiner hier so recht, warum er festsass und wie und wann es weiterging.

„Ausbrechen? Wächter bestechen? Aber wie und mit was? Diese Mauern hörten wohl schon Flüche, Verwünschungen, Stöhnen und Sterben vor hundert und mehr Jahren!" Solche und dutzende andere Gedanken marterten Ricos Hirn. Die hygienischen Verhältnisse waren fürchterlich. Es stank zum Himmel! Zum Himmel? Nein, denn diesen sah man hier nicht. Es stank nur bis zu den Mauern und zu einem kleinen vergitterten Fenster und von dort wieder zurück. Und der Frass war schauderhaft.

Rico liess angeekelt alles stehen. Nur, wenn er länger hier vegetieren musste, so galt es dieses undefinierbare und halb stinkende Zeug hinunterzuwürgen, um nicht ganz von Kräften zu kommen.

Man war sich hier vermutlich seit langer Zeit gewohnt, den Willen der Gefangenen in kurzer Zeit vollständig zu brechen, damit diese jede Selbstachtung und Würde verlören. „Oft werden bei uns Haustiere vermenschlicht, was ja auch nicht gerade sehr gescheit, aber oft doch verständlich ist! Aber hier werden Menschen bewusst zu Tieren degradiert!"

Mit diesen Gedanken überfiel Rico nach Stunden ein sehr unruhiger, aber gnädiger Schlaf.

8

Während seines Urlaubs rief Rico bisher jeden zweiten Tag seine Mutter in Nürnberg an.

Else Wagner, eine knapp fünfzigjährige Dame, sehr selbstbewusst, sehr geschwätzig und auch voller Spott und Ironie, war seit dem frühen Tod ihres Mannes etwas ängstlicher geworden. Umso mehr hing sie mit ganzem Herzen an ihrem einzigen Kind Rico. Mit Stolz verfolgte sie dessen Medizinstudium. Rico versprach seiner Mama bei seiner Abreise, jeden zweiten Tag aus Kuba anzurufen, damit sie beruhigt sein konnte.

„Es ist immer noch ein totalitärer Staat, mein Junge, in dem ein Menschenleben nichts gilt!", meinte Mama Else bei Ricos Abreise.

„Aber Mutter", lächelte er ihr beruhigend zu, „ich bin ein harmloser Tourist unter Tausenden von anderen. Wer sollte an mir Interesse haben? Und ein Menschenleben ist in hundert weiteren Staaten dieser Welt leider auch nicht viel mehr Wert als das einer Fliege. Aber immerhin, sie sind auch dort scharf auf harte Währung!"

Inzwischen war bei Else Wagner ein Anruf Ricos längst überfällig. So rief sie aufgeregt im Hotel „Iberostar" in Varadero an. Sie liess sich nicht abwimmeln von irgendwelchen Angestellten und verlangte mit Nachdruck den Reiseleiter und sogar den Hotelmanager ans Telefon. Sie wollte partout ihren Sohn sprechen, sonst würde sie dafür sorgen, dass dieses Hotel in allen Katalogen deutscher Reiseveranstalter verschwindet. „Ich warne Sie, unterschätzen sie nicht meinen Einfluss in der Öffentlichkeit hier in Deutschland! Mein Mann war ein hohes Tier im Auswärtigen Amt, wenn Sie begreifen, was dies bedeutet!"

„Señora Wagner, es tut uns leid, aber Herr Wagner war gestern Nachmittag und auch die ganze letzte Nacht nicht auf seinem Zimmer! Bitte beruhigen Sie sich doch! Er fand vielleicht eine hübsche Touristin, von denen es hier wimmelt, oder er trank irgendwo in einer gemütlichen Kneipe ein paar Cuba Libre zuviel. Gewiss wird er jeden Augenblick zurückkehren. Wir werden Herr Wagner ausrichten, dass er Sie sofort anrufen möge!"

„Damit lasse ich mich nicht abspeisen! Wenn nicht umgehend etwas geschieht, werde ich das Auswärtige Amt in Berlin ersuchen, sich in diese Sache einzuschalten", rief Else schrill ins Telefon. Dann war plötzlich die Leitung tot!

In einigen Büros einer besonderen Abteilung der Behörde in Havanna beriet man darauf vermutlich, ob eine Verbindung dieser Frau Wagner mit dem Auswärtigen Amt in Berlin oder sogar mit dem Bundesnachrichtendienst möglich sein könnte. Man wollte die Beziehungen zwischen den beiden Ländern natürlich nicht belasten, denn aus Germany kam einer der Hauptströme der Touristen. Und Devisen brauchte der Staat dringend.

Else Wagner kam tatsächlich mit einer Hartnäckigkeit ohnegleichen bis zu irgendeinem Sachbearbeiter des Auswärtigen Amtes in Berlin durch, nachdem zuvor etliche Male nur der Automat aufforderte, nach dem Piepston auf ein Band zu sprechen, da im Moment kein Mitarbeiter frei sei.

Irgendein Sekretär meinte nach vielen Versuchen dieser nervenden Anruferin mit mürrischer Stimme und ähnlichen Argumenten, die Else vom Hotel in Kuba her noch im Kopf herum hämmerten, um sie zu beruhigen:

„Was meinen Sie, gute Frau, wie viele Vermisstenmeldungen wir täglich aus aller Welt erhalten? Aber nicht wie bei Ihnen bereits nach zwei Tagen, sondern frühestens nach einer Woche. Wir werden Ihre

Anfrage nach einer gewissen Zeit zu unserer Botschaft nach Havanna weiterleiten. Sie werden aber sehen, fünfundneunzig Prozent aller Fälle lösen sich von selbst!"

In Kuba selbst werden natürlich immer noch alle ein- und ausgehenden Telefongespräche abgehört und auch alle Mails abgefangen. Ein ganzes Heer Leute ist damit beschäftigt, alles auszusortieren und zu bearbeiten, was nicht von vornherein durch ein Raster fällt. Worte wie „Verdacht auf Entführung", „Auswärtiges Amt in Berlin", „Bundesnachrichtendienst" und so weiter waren sofort verdächtig. Und irgendwie waren die Begriffe wie „Deutsche Disziplin, Pünktlichkeit, Organisation, Hartnäckigkeit" nicht zuletzt aus früheren Erfahrungen mit Mitarbeitern aus der alten DDR noch immer berühmt oder berüchtigt.

Jedenfalls wurden die Gespräche von Frau Wagner mit dem Reiseleiter und Hoteldirektor minutiös ausgewertet. Sie gelangten schliesslich zu Major Pedro Cabanas. Fluchend meinte dieser zu seinen Untergebenen:

„Eigentlich haben wir ja überhaupt nichts Konkretes gegen diesen Kerl in der Hand!" Dass er persönlich eine Sauwut auf Rico hatte, weil dieser mit seiner Schwester flirtete, verschwieg er tunlichst, um nicht hintenherum zum Gespött zu werden.

„Wir setzen ihn demnach ohne weitere Erklärungen morgen ins Flugzeug der IBERIA nach Madrid, mit dem Hinweis, dass er auf die schwarze Liste gesetzt ist und bei jeder weiteren Einreise in Kuba sofort wieder verhaftet wird!"

Die Untergebenen von Major Cabanas tuschelten aber unter sich: „Leute, wir haben die schwache Stelle unseres Chefs entdeckt. Eifersucht um seine Schwester! Vielleicht wird uns dies eines Tages mal nützlich sein!"

Alle träumen halt von Karriere und Beförderung, auch im Dienst des Vaterlandes. Und da ist immer auf der Stufenleiter jemand eine Sprosse höher im Wege, auch wenn alle sogenannte Brüder und Genossen sind!

9

„,Persona non grata' bin ich also in diesem Land!",
sinnierte Rico auf dem langen und langweiligen Flug
nach Madrid.

Wie ein Träumender torkelte er am nächsten Morgen
aus seinem Loch. Es gab für ihn keine Orientie-
rungsmöglichkeit, um sich später erinnern zu können, wo dieses scheussliche Gefängnis genau stand
und unter welchem Namen es figurierte. Man gab
ihm Gelegenheit, sich in einem Spezialabteil des
Flughafens zu rasieren und zu waschen. Staunend
empfing er dort auch seine Reiseutensilien aus dem
Hotelzimmer. Eine erste flüchtige Prüfung ergab,
dass nichts fehlte. Nur alle seine Fotos und Telefo-
nate auf seinem Handy waren gelöscht. Der Restbe-
trag seines Aufenthaltes, abzüglich natürlich der
Vorausbezahlung, würde ihm vom Hotel als Rechnung direkt zugestellt, wurde ihm knapp und her-
risch mitgeteilt. Und dies, obschon Rico gemäss
Arrangement dort noch vier weitere Tage zugute
hatte.

„Auch die Rechnung für das Flugticket wird Ihnen zugestellt", bellte einer der Beamten.

Rico fragte nichts mehr und hielt mit grösster Anstrengung seinen Mund. „Aber die können mich alle mal! Nicht einen Cent sehen die von mir!", dachte er grimmig. Höhnend meinte der ihn begleitende Beamte, der ihm immer wieder diskret seine Pistole zeigte: „Das Ticket von Madrid nach Frankfurt müssen Sie sich in Madrid selbst besorgen! Oder gibt es dort sogar eine direkte Verbindung nach Nürnberg?"

Rico gab demonstrativ keine Antwort und würdigte den kleinen Parteisoldaten keines Blickes. Er fühlte sich trotz einer Stinkwut auf alles, was ihm in diesen wenigen Stunden widerfahren war, um Monate, wenn nicht um zwei Jahre gealtert. Mit aller Kraft musste er sich der Tränen erwehren, wenn er an Margarita dachte. Dann zog ein unbeschreiblicher Schmerz durch sein Inneres. Diesen Schmerz konnte er auch als werdender Mediziner keinem Organ, auch nicht seinem Hirn zuschreiben. „Gibt es also doch so etwas wie eine Seele?"

Obschon er in der hintersten und damit engsten Reihe der Economy-Class sass und während des Zehn-Stunden-Flugs nahezu alle Knochen fühlte, viele seiner Muskeln schmerzten und auch das Essen lieblos und geschmacklos hingeknallt wurde, war er sich der Freiheit noch nie so bewusst. „Wirklich, Reisen bildet!" Aber in seinem Innersten bohrte dieser ver-rückte Schmerz weiter, in einer Weise, wie er dies im ganzen bisherigen Leben noch nie erlebte! Er sah pausenlos Margarita vor sich!

„Ich werde Himmel und Hölle in Bewegung setzen, um sie da herauszuholen! Aber ist sie wirklich auch ein Opfer des Systems oder doch auch Täterin? Ihr Bruder, der Halunke von Major, hat doch so etwas angedeutet! Verleumdungen und Misstrauen, Lügen und Anschwärzen, das alles ist für alle diese Leute ja charakteristisch. Ich aber habe in meinem Innersten ein ganz anderes und hoffentlich untrügliches Bild von Margarita!"

Die Ungewissheit machte ihn nahezu verrückt, und er wusste, dass sich ein kleiner Rest von Misstrauen nicht legen würde, selbst wenn genügend Zeit und Abstand ins Land gezogen waren.

Überglücklich schloss Else Wagner ihren Sohn zu Hause wieder in die Arme. Rico entzog sich sanft dieser Liebkosung und brüskierte damit seine Mut-ter, die sich vorsichtshalber nichts anmerken liess. Sonst hatte sie eigentlich immer ihr Herz auf der Zunge. Aber irgendwie merkte sie, dass jetzt Schweigen angebracht war.

Nur, nach zwei Tagen Schweigen explodierte bei Else die Neugierde und sie meinte: „Rico, so kenne ich dich nicht! So habe ich dich überhaupt noch nie erlebt! Ich glaube, du bist unglücklich verliebt!"

„Mama, du hast recht! Aber gib mir Zeit, bis ich mit dir darüber rede! Es schmerzt einfach jetzt noch zu sehr!"

Es war schwer, sehr schwer für Else, ihre Neugierde zu bezwingen. Aber sie respektierte den Schmerz ihres Sohnes und wartete, bis er von sich aus erzählte.

Und dann erzählte er eines Tages! Es brach aus ihm hervor wie ein Wasserfall, wogegen die Wortkaskaden von Else, sonst weit herum berühmt und berüchtigt, nur kleine Bächlein waren.

„Mein Rico erlebt den ersten tiefen Liebesschmerz", sinnierte sie. „Aber das legt sich mit der Zeit!" Zum Glück aber schwieg sie!

10

„Ab Aug', ab Herz!" so lautet ein alter Sinnspruch.

Nur, dieser bewahrheitete sich bei Rico nicht. Im Gegenteil, in ihm entwickelte sich das Erinnerungsbild von Margarita zu einem nahezu leidenden aber verklärten Engel. Sein Gefühl sagte ihm immer bestimmter, dass sie mit der ganzen Schweinerei, die ihm widerfahren war, nichts zu tun haben konnte. Hingegen war vermutlich ihr eifersüchtiger Bruder und Major des Geheimdienstes ein Teufel und seine leibliche Schwester selbst eines seiner vielen Opfer.

„Junge, du spinnst! Weißt du, das ist typisch für Verliebte! Aber das geht vorbei!", mahnte die Mutter.

„Nein, ich träume, und zwar mit offenen Augen und glasklarem Verstand! Und dieser Traum wird eines Tages Wirklichkeit!"

„Wie denn?"

„Ich werde mit einer anderen Identität wieder nach Kuba reisen und dort Margarita herausholen!"

„Und dabei zugrunde gehen! Bringt doch bitte dein Medizinstudium zu Ende und mach deinen Doktortitel!"

„Genau das wird ein Teil meiner neuen Identität werden! Ich mache meinen Abschluss nämlich in Wien. Und von dort aus werde ich neue Pläne schmieden. Teile vorerst mal all den Betreibungsandrohungen und den Rechnungsstellern aus Kuba mit, dass sich dein Sohn mit unbekanntem Ziel abgesetzt hat. Dies sei leider heute alles möglich wegen der in der EU vorherrschenden Personenfreizügigkeit. Wir würden hier eben nicht in einem goldenen Käfig, geschweige denn in einem Gefängnis leben!"

Alle Tränen, alle Proteste, alle Bitten, alle sogenannte gutgemeinte Logik, nützten nichts. Auch nicht Mamas Klage, dass sie nun nach ihrem Mann wohl noch den einzigen Sohn verlieren würde. Nach dem Semesterabschluss in Nürnberg setzte Rico sein Studium in Wien fort.

Dort, in der ehemaligen Drehscheibe aller namhaften Geheimdienste der Welt zur Zeit des Kalten Krieges, gab es immer noch Passfälscher und andere Leute jener Zunft, die nahezu arbeitslos geworden, sich im Preis sogar unterbieten müssen im Ausstellen falscher Papiere. Auch sein Äusseres etwas zu verändern, wenn die Zeit reif ist, dazu braucht man nicht unbedingt zum Kostümverleih und zu Maskenbildnern irgendeines Schmierentheaters zu gehen. Diese Art Kunst ist heute wahrlich keine Kunst mehr.

Rico wollte also nebst seinen heimlichen Plänen, unter einer anderen Identität so bald wie möglich wieder nach Kuba einzureisen, den Abschluss seines Studiums als Mediziner mit einem Auslandsemester unbedingt in Wien und wenn möglich dort sein Doktorat erlangen.

Er war ein begeisterter Fan klassischer Musik, auch von Opern und Operretten, ja selbst von guten Musicals. Wien, die „Welthauptstadt der Musik", hatte es ihm von jeher angetan. Der Wiener Charme, die Lebensfreude, verbunden mit einem Lachen über sich selbst und die ganze Welt, der berühmte oder berüchtigte „Weaner Schmäh", der wohl auch etwas bröckelnde Glanz alter Grösse, leben und leben lassen – all dies behagte Rico ungemein.

So wie die alte Geschichte vom Unterschied der Ansprache eines deutschen und eines österreichischen Generals an seine Truppe, und zwar in der gleichen Situation: Der deutsche General: „Soldaten, die Lage ist ernst, aber nicht hoffnungslos!" Und der österreichische General zu seinen Soldaten: „Männer, die Lage ist hoffnungslos, aber nicht so ernst!"

Dies alles und noch mehr fand Rico viel sympathischer als das Denken und Handeln seiner Landsleute in Nürnberg. Auch wenn diese schöne Stadt doch in Bayern liegt! Halt! Natürlich besser gesagt in Mittelfranken! Und das sind dann schon Unterschiede sondergleichen!

11

Im Jahre 2008 fegten innerhalb weniger Wochen drei sehr schwere Wirbelstürme über Kuba hinweg, die grauenhafte Verwüstungen anrichteten.

„Gustav", „Ike" und „Paloma", die verheerenden Stürme, trieben etwa zwei Millionen Kubaner in die Flucht. Diese Flüchtlinge verloren schlichtweg alles! Dank einer sehr guten medizinischen Versorgung, die für alle Kubaner gratis ist, dank einer guten Versorgung mit Grundnahrungsmitteln musste kein Einwohner Hunger leiden, dank einer gut ausgebauten Schutzorganisation für Menschen und sogar für Tiere, die ihresgleichen sucht, waren auch nur wenige Todesopfer zu beklagen.

Aber der materielle Schaden war enorm. Hilfeleistungsangebote aus den USA wurden höflich abgelehnt mit der Begründung, die grösste Hilfe wäre, endlich mal das Embargo aufzuheben. Hingegen war das sogenannte UN World Food Programme (WFP) willkommen.

Es waren allein durch den Hurrikan „Gustav" in einer einzigen Provinz des Landes um die hunderttausend Häuser und gegen vierhundert Schulen beschädigt oder total zerstört, tausende von Hektar Bananen-, Orangen- und Grapefruit-Plantagen vernichtet, ja sogar über dreieinhalbtausend Tabakanlagen unbrauchbar gemacht worden. Wie sah wohl die traurige Bilanz im ganzen Land nach drei solcher Stürme aus?

Der inzwischen frisch gebackene Doktor der Medizin Rico Wagner meldete sich beim WFP in Wien. Sein Angebot, mit einem medizinischen Team mitreisen zu wollen, fand Gehör. Bei manchen Verletzten war vermutlich trotz guter Versorgung im eigenen Land doch noch zusätzliche Hilfe willkommen, vor allem auch mit den immer brauchbaren Medikamenten, Blutkonserven und hundert anderen Dingen, die nach der Abreise dieses Teams selbstverständlich im Land bleiben würden.

Innerhalb der medizinischen Hilfe wurden vor allem auf dem Gebiet der Kardiologie und dann, was sehr interessant für Kuba sein würde, auch auf dem Sektor der Onkologie gerne die Ärzte und Krankenhäuser in Kuba mit aktuellem Wissen unterstützt und ausgerüstet. Die sündhaft teuren neusten medizinischen Erfolge bei Chemotherapien für an Leukämie Erkrankte reizten die verantwortlichen Stellen vermutlich schon, obwohl eine an und für sich sehr gute medizinische Versorgung auf Kuba vorhanden ist. So war also sogar eine kleine medizinische Spezialabteilung des WFP der UNO auf diesem Gebiet im Land erwünscht.

Rico hatte nur eine Bitte an seinen Vorgesetzten: „Lasst mich als Dr. Alois Hirschfänger und als österreichischer Staatsangehöriger reisen! Ich habe ohne jeglichen kriminellen Hintergrund und ohne jegliche böse Absicht die entsprechenden Papiere für diese neue Identität bereit!"

„Ich werde nach dem Einsatz in Kuba sowieso wieder nach Nürnberg zurückkehren und dort als Arzt in einem Krankenhaus eine neue Arbeit aufnehmen. Entsprechende Verträge kann ich Ihnen auch bereits vorweisen, wenn Sie dies wünschen!"

„Aber um Himmels Willen warum diese Maskerade, wenn doch nichts Schiefes vorliegt?", fragte erstaunt der österreichische Teamleiter der WFP-Delegation.

„Das ist eine lange Geschichte! Ich stehe in Kuba wegen einer Liebesaffäre auf der schwarzen Liste und komme unter meinem eigentlichen Namen nicht ins Land! Ich hatte ein Verhältnis mit der Schwester eines Geheimdienstmajors, dem dies ganz und gar nicht in den Kram passte. Nach einer höllischen Nacht in einem höllischen Gefängnis wurde ich wortlos abgeschoben, mit der Versicherung, jederzeit beim Betreten des Landes wieder eingelocht zu werden."

„Aber das ist doch ein Witz, ein Märchen, mein Junge!", meinte der Teamleiter. „Gibt es denn so was?" Das wäre ja ein Thema für unsere „Kronezeitung" oder eure „Bild"!

„Ob du es glaubst oder nicht, ich schummle nicht!"

„Und jetzt willst du bei unserem Einsatz deine ‚Flamme' mit uns herausholen! Haha, das kannst du gleich vergessen. Erstens ist dies unmöglich, und zweitens würde unsere ganze Expedition international lächerlich gemacht. Kuba ist für solche Spielchen doch etwas zu gross. Es hat über zehn Millionen Einwohner. Durch die Hurrikane ist dort vieles durcheinander, und du weißt wohl auch nicht, wo sich deine Liebste aufhält! Vergiss es! Es gibt auch in Wien schöne Maderl für hübsche junge Doktorchen!"

Die beiden redeten sich beim Heurigen in Grinzing, sozusagen zum Abschied von Wien vor der Abreise nach Kuba, beinahe heiser. Wenn es um Liebesabenteuer geht, so sagt man, sind die Italiener oder auch die Franzosen gerne bereit, ein Auge zuzudrücken und irgendeinen Schalk mitzumachen. Aber auch ein Wiener mit echtem Wiener Blut steht dem in nichts nach. Im Gegenteil, der Expeditionsleiter, schliesslich von Rico weichgekocht, meinte plötzlich jovial:

„Also gut, Herr Doktor Alois Hirschfänger! Die anderen Mitglieder unseres Teams kennen dich nicht. Hier ergibt sich kein Problem. Ein echter Wiener ist immer zu einem Verwechslungsspass aufgelegt. Woher hätten denn unsere Musiker den Stoff hergenommen für unzählige Operetten? Top, ich mache mit! Zeigen wir es doch diesen Blödianen der Geheimdienste, die uns alle als unwissende Trottel betrachten. Aber eines sage ich dir: Beim kleinsten Blödsinn, den du machst, fliegst du heim! Abgemacht?"

„Abgemacht! Und herzlichen Dank! Das werde ich Ihnen nie vergessen!"

„Lass das Sie im privaten Umfeld. Ich bin nämlich auch ein Alois, allerdings nicht Hirschfänger! So ein blöder Name! Sie prosteten sich zu, umarmten sich und zogen in die nächste Kneipe!

„Muss schon ein Teufelsweib sein, da in Kuba, dass du solche Spielchen wagst", meinte weinselig der eine Alois zum andern. „Hoffentlich ist sie inzwischen nicht schon unter der Haube! Sonst müssen wir dich moralisch aufpäppeln wie einen zu früh zur Welt gekommenen Säugling!"

Und Rico Wagner, alias Alois Hirschfänger, dachte glücklich und auf höchste erregt: „Oh Wunder, ich reise nach Kuba! Margarita, ich komme!"

Innerlich aber zitterte er beim Gedanken, was aus ihr in den nun bald mal eineinhalb Jahren geworden sein könnte.

12

Selbst für den gegenüber dem früheren Rico Wagner ziemlich veränderten sogenannten Dr. Alois Hirsch-fänger war die Zoll- und Passkontrolle in Havanna eine Tortur. Rico befürchtete trotz seiner neuen Identität jeden Augenblick aufzufliegen.

„Schliesslich leben vermutlich auch in Wien Kubaner. Wer weiss, ob dabei nicht auch einige im Sold von Havannas Geheimdienst stehen!", dachte er, möglichst unauffällig und doch aufgeregt hin- und herblickend. Aber es kamen keine „grünen Männchen" vorbei.

Bis jetzt ging alles gut. Aber bekanntlich steckt der Teufel im Detail. Herr Dr. Hirschfänger wurde mit seiner ganzen Equipe nicht etwa in Havanna stationiert und einquartiert, sondern gleich weit weg in den Süden beordert. Weiter weg wäre kaum möglich gewesen, nämlich etwa tausend Kilometer von der Hauptstadt entfernt, nach Santiago de Cuba. Und auch dort wohnte das Ärztecorps nicht etwa in einem Hotel, sondern in einer eigens für sie errichteten

Unterkunft in einem Zeltlager. Zwar recht komfortabel, aber sicher ganz bewusst weg von der Zivilbevölkerung und damit auch von Kontakten zu den Einheimischen.

Ausserdem wurden sie alle vermutlich diskret, aber stetig überwacht von einheimischen Ärzten und Sanitätern. Man gab auch den Helfern aus Europa leise und genüsslich immer wieder zu verstehen, dass hier die medizinische Versorgung bereits sehr gut klappe, und sie bald mit Dank wieder nach Hause fliegen könnten.

„Also ist da nichts mit einem kleinen Ausflug nach dem Traumstrand von Varadero und einem Abstecher zu einem Drink an der Bar des Hotels ‚Iberostar', verflucht noch mal", überlegte sich Rico zerknirscht. Auch verflogen alle seine Pläne, dort beim Barmixer, dem er stets gutes Trinkgeld zusteckte, diskret nach dem Verbleib von Margarita zu fragen. Ob dieser Barmann, geschweige denn seine Margarita überhaupt noch im Hotel tätig waren, das fragte sich Rico natürlich schon zuvor zum tausendsten Mal.

Oft aber hat man auch Glück im Unglück! Vielleicht lernten die Kubaner von den Russen, unbequeme Zeitgenossen so weit wie möglich abzuschieben: dort in Russland seit Jahrhunderten nach dem fernen und unendlichen Sibirien und hier so weit wie möglich weg nach Santiago de Cuba?

Santiago ist immerhin die zweitgrösste Stadt des Landes und zählt über 400'000 Einwohner. Berühmt ist dort das Castello San Pedro de la Roca mit seiner wechselhaften Geschichte für viele Verteidiger und Eroberer, und zwar über Jahrhunderte hinweg. Mehr Schaden wurde bei diesen alten Mauern allerdings durch Erdbeben angerichtet als durch Seeräuber und feindliche Armeen.

Heute zählt die Festung als besterhaltene spanisch-amerikanische Militärarchitektur zum UNESCO-Weltkulturerbe. Grund also genug für das Team von Dr. Hirschfänger, dieser an einem freien Nachmittag einen Besuch abzustatten, denn dorthin würde man wohl Zeit seines Lebens kaum mehr zurückkommen.

Rico, alias Alois Hirschfänger, stand etwas abseits seiner kleinen Besuchergruppe an einer imposanten Eckbastion des Castillo und liess seinen Blick über die traumhafte Bucht hinaus in die Karibik schweifen. Eine andere kleine Reisegruppe näherte sich schwatzend diesem idealen Aussichtspunkt, allen voran die Reiseführerin.

Rico traf die Erkenntnis wie ein Blitz aus heiterem Himmel, wie ein feuriger Pfeil. Er rief, nein, er schrie, alle Vorsicht ausser Acht lassend: „Margarita, mein Gott, bist du's wirklich?"

Als Margarita Rico trotz verändertem Äussern wohl an seiner Stimme erkannte, wurde ihr im Moment schwindlig, und sie sackte förmlich zusammen. Sie konnte nur noch nach Luft ringend zu ihrer Gruppe stammeln: „Entschuldigung, meine Damen und Herren, die Hitze, glaube ich. Gehen Sie einfach weiter. Ich komme so bald wie möglich nach."

Zutiefst erschrocken, aber von einem nie erlebten Glücksgefühl durchgeschüttelt, schaute sie zuerst besorgt auf den „Aufpasser" in ihrer Gruppe. „Hat der Kerl was mitbekommen oder nicht?", fragte sie sich besorgt. So unauffällig wie möglich hielt sie dem heranstürmenden Rico warnend den Zeigefinger an ihre Lippen. Ein gewiss international bekanntes Zeichen zum Schweigen!

Dieser verstand sofort und reagierte blitzschnell: „Ich bin Arzt! Kann ich Ihnen behilflich sein, Señorita? Mein Name ist Doktor Alois Hirschfänger aus Österreich! Ich muss Sie zuvor mit jemand anderem verwechselt haben!"

Der „Aufpasser" schlenderte nach anfänglichem Zögern langsam mit der Reisegruppe weiter, denn sein Auftrag war, dort diskret alles zu überwachen, hielt aber die beiden unauffällig weiterhin im Auge.

Nur, das war wirklich nicht gut möglich, denn der Abstand der Gruppe von Margarita und diesem plötzlich aufgetauchten Doktor wurde immer grösser. Er war überfordert und wusste nicht mehr, was er tun sollte. Solche Leute handeln immer haargenau nach Befehl und sind oft bei plötzlich veränderter Situation überfordert.

13

„Rico, du bist es doch? Oder träume ich, wie immer wieder von dir? Du siehst anders aus!"

„Ja, Liebste, ich bin's! Aber eigens wegen dir in einer neuen Identität! Bitte merke dir: Ich bin Doktor med. Alois Hirschfänger aus Österreich. Und dies nur zum Zweck, um dich hier rauszuholen. Meine Liebe zu dir ist hundertmal grösser als je zuvor! Frag jetzt nicht nach wie und was, sondern folge mir einfach. Eine höhere Macht hat uns wohl hier unter über zehn Millionen Menschen zusammengeführt!"

„Frage mich hier auch nichts, Rico, pardon, Dr. Hirschfänger!", lächelte sie selig. „Wir sind wie immer und überall auch hier unter den Augen des Staates. Nur eines: Ich wurde hierher strafversetzt wegen Kollaboration mit dem Feind, also mit dir. Entweder gehorchen oder Folter und Tod! Folter erlebte ich, den Tod noch nicht ganz, aber wohl bald!"

„Also, ich bin Arzt bei einem Hilfsteam, das für die Behebung der riesigen Schäden nach den Wirbelstürmen hier arbeitet. Ich attestiere deinem ‚Leithund' dort drüben, dass du dringend medizinische Hilfe benötigst und bitte um eine unbedingte und sofortige Überführung in unser Zeltlager unten in der Nähe der Stadt. Ich drohe, so gut wie man das hier kann, mit Himmel und Hölle, mit dem Abzug unserer Hilfsdienste samt allen Medikamenten und ärztlichem Beistand, wenn das verweigert wird. Und was bei Kerlen dieser Art vermutlich am meisten wirkt: Ich drohe bei seiner Verweigerung mit einer Meldung an einen seiner Vorgesetzten. Da zittert ja jeder vor dem andern. Nach dringend notweniger Erster Hilfe kannst du dann offiziell ‚abgeholt' werden. Aber bis dann sind wir über alle Berge oder über alle Meere weg!"

„Rico, bist du wirklich Arzt? Die werden dich auf die Probe stellen!"

„Aber ja, ich habe soeben mein Medizinstudium in Wien beendet. Meine Ausweise sind genügend und echt."

„Herr Doktor, nehmen sie mich in Ihre Hand und Obhut", lächelte scheu Margarita, während der „Aufpasser" nun barsch auf die beiden zutrat und barsch nach dem Ausweis dieses ominösen Herrn Doktor verlangte.

„Die Señorita erlitt einen Schwächeanfall, vermutlich einen Kreislaufkollaps. Sie muss dringend durchgecheckt und medikamentös behandelt werden. Ich fordere dies als Arzt mit allem Nachdruck. Wenn dies von Ihnen verweigert wird, werde ich mich bei der Ihnen übergeordneten Stelle über Ihr Verhalten beschweren!"

Freches Auftreten nützt nicht immer, aber oft in einem totalitären Regime, denn jeder hat insgeheim Angst vor willkürlichen Repressalien, die er selbst ja auch oft zur Genüge anwendet. Nach etlichen Telefonaten erlaubte der „Aufpasser" widerwillig, dass die Señorita zur vorläufigen Untersuchung ins Lager der WFP überführt werden dürfe, sich dort aber nach der Untersuchung sofort wieder zu melden habe.

Die von ihr betreute Besuchergruppe wurde mit einer anderen Touristenherde zusammengelegt. Und der Herr Doktor half der mühsam sich aufrichtenden und schwer humpelnden und taumelnden Margarita tatkräftig und mit beiden Armen zum Jeep seines Teams. Beide durchzog bei dieser gespielten Berührung ein seliges Gefühl.

„Leute", erklärte Alois, alias Rico, seinen Leuten vom Team, „ich bringe diesen Notfall hier schnell in unser Lazarett. Fordert doch ein anderes Fahrzeug an, wenn ihr hier mit der Besichtigung fertig seid.

Ich spendiere euch dafür nachher eine Runde kühles Bier!"

„Gut, Junge! Aber halte deine Patientin nicht allzu fest, sonst kriegt sie nebst einem Kreislaufkollaps auch noch Atemnot und einen Liebeskoller!", lächelten ihm seine Kollegen leise zu. Diese würden vermutlich bald bemerken, dass hier Theater gespielt wurde.

„Vergiss dann aber nicht die Runde Bier!"

„Versprochen!"

„Die ist aber nicht nur verdammt hübsch! Das ist eine karibische Schönheit! Wie macht dies der Alois nur, dass eine solche Frau ihm sofort in den Armen liegt?", tuschelten die Leute seines Teams untereinander.

„Sie hat einen sogenannten Sonnenstich!"

„Ja, wir auch bald! Kommt, lasst uns in den Schatten flüchten!"

14

Auf der rasanten und zum Teil holprigen Fahrt ins Camp erzählte Margarita ganz kurz und eigentlich nur in Stichworten ihren Weg nach der damals abrupten Trennung in Havanna.

„Ich wurde wegen Gefahr der Konspiration mit ausländischen Spionen aus dem Hoteldienst entlassen und musste einen neuen Wohnsitz hier in Santiago nehmen. Ich hause in einer kleinen und fast kümmerlichen Wohnung und verrichte nun hier den Job einer Reiseleiterin für Touristen. Eigentlich idiotisch, wenn man daran denkt, aus welchen Gründen ich aus Havanna weggewiesen wurde!"

„Aber man gab mir zu verstehen, dies sei eine Gelegenheit, mich zu bewähren und das Gegenteil der gegen mich erhobenen Anklage zu beweisen. Nach geraumer Zeit der Bewährung würde ich dann zurückbeordert nach Havanna und könne dort vielleicht sogar im Verteidigungsministerium eine angemessene Arbeit finden. Mein Bruder würde gewiss dafür sorgen, denn er stehe kurz vor einer Beförderung zum Oberst."

„Wie immer in diesem verdammten System", fluchte Rico! „Zuckerbrot und Peitsche! Bitte berichte weiter!"

„Alles weitere später", stotterte Margarita, und Rico sah, wie ein grosser Schatten der inneren Bedrückung sich auf ihrem Gesicht abzeichnete. Er wollte aber in diesem Moment nicht weiter in sie dringen, denn sie erreichten bald das Camp.

Fieberhaft galt es nun, einen oder mehrere Fluchtpläne zu entwerfen. „Es wird gewiss nur kurze Zeit dauern, bis kubanische Mediziner in unserem Camp nach der Señorita Reiseleiterin verlangen!", überlegte Rico.

Er berichtete Margarita noch schnell und hastig seinen Werdegang und den Grund für seinen Aufenthalt hier als Arzt. Dass einzig und allein die Suche nach ihr der eigentliche Grund war, liess die Augen von Margarita richtiggehend aufleuchten.

Allzu gross durften die „Komplikationen" der Patientin nicht sein, sonst würden einheimische Spezialisten sicher auf sofortige Überführung in ein kubanisches Krankenhaus drängen. Die medizinische Versorgung in diesem Land ist wirklich erstaunlich gut und, oh Wunder, für jeden Bürger gratis! Fidel Castro hatte schon auch seine Verdienste, wenn man an die miserablen Zustände seines Volkes vor der Revolution dachte.

„Aber irgendwie muss ich Margarita wenigstens für kurze Zeit hierbehalten können. Nur wie? Schlafmittel? Fieber und Entzündung vortäuschen? Man kann vieles manipulieren, aber doch nicht bei Fachleuten und Medizinkollegen. Also versuchen, diese zu bestechen? Das Risiko ist dafür vielleicht für diese zu gross. Aber ohne ein Dutzend Risiken gelingt eine spätere Flucht sowieso nicht!", überlegte sich Rico so fieberhaft, dass er selbst bald vermeintliche Fieberschübe bekam.

„Wir müssen einfach erst mal so schnell wie möglich weg von hier und irgendwo untertauchen. Aber wo? Eine direkte Flucht wäre nur möglich mit einem Flugzeug oder U-Boot. Und solche Möglichkeiten wie James Bond habe ich nicht!"

„Also zurück nach Havanna und von dort weiter? Aber das bedeutet, dass wir nur den Landweg nehmen können. Dieser kommt nur in Frage mit einem Spezialfahrzeug unserer Organisation. Und dies bedeutet, auf etwa tausend Kilometer alle fünfzig oder hundert Kilometer Kontrollposten passieren zu müssen. Also eine Höllenfahrt sondergleichen, denn offiziell dürfte niemand von irgendetwas wissen!

Überall ‚schmieren und salben' geht auch nicht, denn es gibt ja sicher auch patriotisch denkende Kontrolleure!"

„Halt, ich versuche zunächst, hier in der Stadt Santiago de Cuba mit Margarita unterzutauchen. Immerhin muss es doch in einer Stadt von einer halben Million Menschen irgendein Milieu, eine Szene, wegen mir sogar eine versteckte Opposition oder dann halt meinetwegen einen Verbrecherclan geben, bei dem man Unterschlupf findet. Gerade dort findet man oft Ideen, die vielleicht absurd klingen und doch gewisse Möglichkeiten aufzeichnen. Gerade dort auch spielt man natürlich jede Minute mit Leben und Tod! Aber das tue ich hier ja sowieso die ganze Zeit!"

„Wie soll mein Vater früher jeweils gesagt haben? ‚Das Leben an sich ist lebensgefährlich!' War das bei ihm ein gewisser Fatalismus? Ich konnte ihn nie fragen! Aber bei mir ist dies nun Realismus statt Fatalismus! Ich wage es!"

15

Doktor Hirschfänger fragte seinen einheimischen Helfer Enrico, der die Stadt Santiago kannte wie seine eigene Hosentasche, ganz vertraulich natürlich, wo denn in der Stadt ein einschlägiges Lokal zu finden sei für willige Mädchen. Er wolle gerne mit der neuen Patientin Margarita dort eine oder zwei Nächte verbringen. Er wäre ihm dankbar für seine Hilfe und einen Tipp, und wie er wohl selbst schon gesehen und bemerkt habe, würde sie ihm selbst auch ihre Dankbarkeit beweisen.

„Aber hier in unseren Zelten geht das doch nicht, Enrico! Das verstehst du gewiss!", meinte lächelnd der Doktor. „Es kann von mir aus auch das schlimmste Etablissement sein. Wichtig ist Diskretion und in beidseitigem Interesse absolute Verschwiegenheit!"

Enrico lächelte wissend zurück, nahm dankbar die hundert Dollar Schweigegeld entgehen und meinte zwinkernd: „Haus zur Perle, mitten in der Altstadt!"

„Danke! Aber bitte unter allen Umständen schweigen. Auch wenn ich etwas länger wegbleibe! Das bleibt doch unter uns Männern?"

„Claro, Señor! Ich weiss von nichts!"

Bevor die staatlichen Gesundheitsbehörden und Ärzte wie erwartet nach geraumer Zeit im Campus eintrafen, waren Rico und seine Margarita verschwunden. Für Rico war völlig klar, dass auch solche Delegationen von Geheimdienstagenten begleitet waren.

Unbehelligt und relativ schnell fanden die beiden das „Haus zur Perle". Der Zutritt auch dort kostete wieder ziemlich viele Devisen. Ihr vorläufiger Verbleib und das Stopfen der Mäuler würden vermutlich noch mehr kosten. Etliche Damen des ältesten Gewerbes der Welt wollten zunächst natürlich Margarita wegschicken oder ihr die Augen auskratzen.

Rico konnte ihnen nur zuflüstern, ruhig zu bleiben, damit sie nicht arbeitslos würden, wenn Vater Staat hier durchgreift. „Ich bin nämlich nicht einfach ein geiler Trottel, meine Damen!"

Damit aber waren gewiss deren Zuhälter alarmiert. Sie sassen also auch hier mitten im Milieu auf einer Zeitbombe, die jederzeit explodieren konnte. „Also auch hier nur weg, so schnell wie möglich! Aber wie?", hämmerte es in den Köpfen der Flüchtenden.

Eine völlig unerwartete Lösung bahnte sich an, als die beiden an der schummrigen und etwas unheimlichen Bar sassen, billigen Rum tranken, der von einer Boxerstatur von Barmixer mürrisch vor ihnen auf die Theke hingeknallt wurde. Ein saftiges Trinkgeld machte diesen Bullen etwas freundlicher.

Rico und Margarita wurden die ganze Zeit, bisher von ihnen unbemerkt, von einem undefinierbaren Säufer mit blondem Haar beobachtet.

Blondes Haar ist hier selten! Und einen Säufer kann man ja auch spielen. Dieser bemerkte nämlich sehr präzise die unsteten Blicke der beiden, ihre grosse Nervosität und Unsicherheit, ihr stetes Tuscheln, das zwar echte Verliebtheit ausdrücken konnte, aber auch Angst, grosse Angst!

„Sie ist also keine Hure, und er ist kein Kubaner", war der Blonde sich sehr schnell im Klaren. „Vielleicht haben sie Dreck am Stecken und wollen sich verstecken. Vor wem und vor was? Und warum ausgerechnet hier in diesem Sauladen, von dem nicht mal die Polizei und der Geheimdienst weiss, oder zumindest für das Nichtwissen geschmiert werden?"

Freundlich, aber nicht allzu freundlich setzte er sich neben die beiden und fragte mit leiser Stimme, aus der aber eine gewisse Kälte herausklang: „Señorita, Señor, darf ich mich einen Augenblick zu Ihnen setzen?"

Zutiefst erschrocken fragte Rico: „Wozu? Warum? Nein!"

„Ich bin vielleicht Ihr Freund und kann Ihnen aus der Patsche helfen!"

„Wir sind nicht in der Patsche! Wir wollen nur unsere Ruhe haben!"

„Señor, Sie sind kein Kubaner! Ich übrigens auch nicht! Und ich kann in Gestik und Mimik der Menschen lesen wie in einem Buch!"

„Dann lesen Sie! Aber lassen Sie uns in Ruhe!"

„Ruhe? Dass ich nicht lache! Eine grössere *Unruhe* wie bei Ihnen habe selten gesehen! Wetten, dass Sie verfolgt werden? Ich wüsste vielleicht einen Weg für Sie, hier abzuhauen! Ganz vertraulich: Ich muss hier auch weg! Nur ein kleiner Hinweis von Ihnen, und ich lüfte etwas meine Identität!"

Als jetzt zu allem Übel ein ganzes Rudel vermutlicher Zuhälter sich ebenfalls an die Bar setzte, blieb

Rico keine Wahl mehr. „Gut, ich will das kleinere Übel gegen das grosse eintauschen! Ja, wir wollen fliehen, nein, wir müssen fliehen. Aber wie kommt man aus dieser Mausefalle und aus diesem Land raus? Wir sind keine Geheimagenten mit Möglichkeiten und Beziehungen an jeder Ecke!"

Lächelnd meinte der Blonde: „Aber ich! Pssst! Von der CIA! Ich zeige Ihnen draussen meinen Ausweis. Rechts um die Ecke in etwa zehn Metern Entfernung ist ein verlassenes und etwas einsturzgefährdetes Haus. Die Türe ist nur angelehnt. Gehen Sie zuerst! Ich komme in einigen Minuten nach und will sichergehen, dass diese Blödiane hier uns nicht folgen."

„Aber Vorsicht, es ist da draussen stockdunkel und man muss sich mit Händen und Füssen durchtasten und die Augen an die Dunkelheit gewöhnen. Und keine Angst, Lady, vor streunenden Hunden und Katzen, und vor allem auch nicht vor Ratten. Die gefährlichen Ratten sitzen hier! Die anderen sind harmlos!"

„Für alle Fälle, hier ist erst mal ein Stellmesser!" Diskret überreichte er Rico eine zerknüllte Zeitung, in der die Waffe steckte.

16

Ihre Nerven waren in den letzten Stunden schon fast bis zum Zerreissen gespannt, woran sie sich langsam gewöhnten, und so schmissen sie dem Barkeeper nochmals einen tüchtig aufgerundeten Betrag zu mit der Bemerkung: „Stimmt so, Adiós Amigo! Wir gehen noch etwas an die frische Luft!"

Beim Schleichen und Tasten durch die Nacht werden zehn Meter zu einem Kilometer. Aber sie fanden tatsächlich die Türe zu einem baufälligen Haus, das tatsächlich aussah, als drohte es jeden Moment zusammenzukrachen. Sie tasteten sich mit schweissnassen Handflächen und Gesichtern und mit pochendem Schädel und einem lauten Herzklopfen, das man hundert Meter weit hören musste, ins Innere dieser Ruine.

Das Warten in der Dunkelheit wurde zu einem Vorhof der Hölle. Sekunden können zu Stunden werden. Als sie endlich leise schlurfende Schritte hörten und eine winzige kleine Taschenlampe auf sie gerichtet wurde, wollte Margarita vor Angst und Nervosität aufschreien. Sie zitterte am ganzen Leib und Rico hielt mit aller Kraft seine Hand vor ihren Mund. Sie biss in ihrer Aufregung sogar leicht in seine Handfläche. Er aber verspürte vor Anspannung seinerseits den stechenden Schmerz überhaupt nicht, obwohl er als Arzt wusste, dass gerade in der Hand viele Nervenstränge zusammenkommen.

„Sprechen Sie auch englisch?", war die erste Frage des Blonden während er seinen Ausweis zeigte. „Nein, keine Bange, er ist nicht gefälscht. Ja, ich weiss, Sie müssen mir trotzdem glauben, denn was ist heute in unserer Welt schon echt und wahr?"

„Uns bleibt keine andere Wahl", flüsterte Rico! „Also kurz: Ich bin Arzt in einer Hilfsdelegation der UNO, die gegen die Schäden der Wirbelstürme hierher beordert wurde. Unser Camp ist draussen vor der Stadt. Ich bin hier unter falschem Namen tätig!"

„Nein, nicht wie Sie vielleicht vermuten! Ich bin kein V-Mann. Die Sache ist viel einfacher, aber umso tragischer. Vor eineinhalb Jahren lernte ich in Havanna als Tourist Margarita kennen und lieben. Ihr Bruder ist ein hohes Tier beim Geheimdienst, und man hat mich ausgewiesen und abgeschoben nach einer Nacht in einem Dreckloch von Gefängnis. Nun will ich sie hier, die strafversetzt nach Santiago abgeschoben wurde, herausholen. Aber wie?"

„Da sehe ich eine Möglichkeit. Alle Welt kennt und verdammt unser Gefangenenlager auf Guantánamo. Was dort geschieht, steht hier nicht zur Debatte. Darüber können wir später philosophieren. Guantánamo ist von hier aus nur einen Katzensprung entfernt. Keine Sorge, sie werden dort nicht interniert oder gar verhaftet. Von dort aus können wegen der grossen Wassertiefe Unterseeboote ein- und auslaufen. Haben sie hier ein Fahrzeug, das Sie verraten könnte?"

„Ja, einen Geländewagen unserer Hilfsorganisation!"

„Haben Sie Ersatzkanister Benzin dabei?"

„Ja, zwei oder drei!"

„Gut, den Wagen jagen wir in die Luft, um wenigstens eine der Spuren zu vernichten! Das Feuerwerk wird gewisse Leute etwas abhalten und uns einen kleinen Vorsprung geben.

Unterwegs kenne ich, wenn nötig einige ziemlich verlässliche Helfer, die scharf sind auf unsere grünen Scheine. Die Kubaner hassen uns Amis. Aber sie lieben unser Geld!

Der Patriotismus hält sich ab und zu beim Anblick der grünen Scheine in Grenzen! Kommen Sie! Mein alter und verbeulter Chevrolet, natürlich auch als Tarnung, steht hinter der nächsten Ecke. Unter seiner Haube hat diese Karre aber nötigenfalls einige Überraschungen bereit."

Nach einem Feuerwerk, das diese Gegend vielleicht schon länger nicht mehr gesehen hatte, und während der Benzintank ihres Wagen aus dem Camp explodierte, fuhren die drei nicht etwa mit quietschenden Reifen, sondern ganz langsam und leise und mit friedlich schnurrendem Motor des alten Chevrolet davon.

17

Guantánamo in seiner heutigen Form ist schon ein Schadfleck für die USA! Obschon bis 2006 etwa 300 Gefangene freigelassen wurden, leiden in dieser Hölle vermutlich immer noch um die 600 weitere und zum Teil wohl unschuldige Gefangene. Und dies ohne eine rechtsstaatliche Anklage, Verteidigung und ein Urteil.

Neuerdings kommt durch Präsident Obama aber endlich wieder Bewegung in Gang, um dieses verwerfliche, illegale und menschenverachtende Höllenloch zu schließen. Hoffentlich gelingt es ihm!

1903 wurde zwischen Kuba und den USA ein Leihvertrag vereinbart, und zwar zu einem Spottpreis und für 99 Jahre. Das Gebiet ist um die 117 Quadratkilometer gross. Es war und ist vielleicht heute noch Ausgangspunkt für eine grosse Zahl von Kubanern für ihre Flucht nach Florida. Eine Meerwasserentsalzungsanlage produziert Trinkwasser. Ein nahezu dreissig Kilometer umfassender Grenzzaun

mit über 40 Türmen und einem Mienenfeld um-
schliessen die Bucht.

Die Sicherheitskontrollen und die totale Überwachung sind perfekt, aber auch penibel und hochnot-
peinlich. Überall Kameras, überall Mikros, überall
unsichtbare Sensoren und Lichtschranken, Scanner
für Auge und Fingerkuppen, ständig wechselnde
Codes, Megacomputer mit einer Schnelligkeit sondergleichen und der Speicherkapazität einer Natio-
nalbibliothek. Nur dass dort keine Klassiker der Li-
teratur und des Wissens abgerufen werden können.
Hoch aufgelöste Aufnahmen durch Spionagesatelliten und unbemannte Drohnen, so dass praktisch jeder Quadratmeter kontrolliert und ausgewertet werden kann, sind selbstverständlich.

„Bei uns kann nicht mal eine Maus unbemerkt in ihr
Loch schlüpfen", meinte manch ein Aufseher stolz.

V-Männer stehen in vielen wichtigen Schlüsselstel-
len Kubas, damit nicht Castros Armee durch einen
Überraschungsangriff die Amerikaner überrennt und
ins Meer zurücktreibt, wie damals beim beschämen-
den und kläglichen Desaster in der Schweinebucht.

Der blonde CIA-Mann erklärte aber seinen Flücht-
lingen ziemlich freimütig, dass dieses Lager eines
Rechtsstaates unwürdig, ja verwerflich ist. Ja sogar
eine Schande. „Es ist ein Tummelfeld für Sadisten,

die es leider in jeder Armee gibt. Soldaten, Wärter und Aufpasser tragen oft später selbst seelischen Schaden davon und werden zu einem geistigen Wrack, denen kein Psychiater mehr helfen kann. Und die Foltermethoden, die jeder Beschreibung spotten, weil Worte dafür zu trocken sind, stammen aus der Küche des Teufels! Mit solchen Techniken kann man Menschen endgültig brechen oder zu einem gefühllosen und gewissenlosen Roboter deformieren."

„Wer glaubt, dadurch effektive Terroristen abzuschrecken, der träumt. Das Gegenteil geschieht! Der Hass steigt ins Unermessliche und wirbt für ein Opfer hundert neue an. Es ist wie bei einer Hydra! Wenn ein Kopf abgeschlagen wird, wachsen sieben neue nach!"

„Trotzdem, Leute, hier ist für euch die einzige Chance, herauszukommen und nach den USA zu flüchten. Macht euch aber auf endlose Befragungen gefasst", meinte der CIA-Mann zu seinen Mitfahrern.

„Teufel noch mal", fluchte plötzlich der Amerikaner. „Hier ist unerwartet ein sogenannter fliegender Kontrollposten der Kubaner eingerichtet worden. Der war gestern noch nicht da. Absolute Ruhe bewahren, schweigen und nur mich machen lassen. Ich kenne mich mit solchen Situationen aus!"

Brav fuhr der Blonde der winkenden roten Stablampe folgend auf die Seite. Sie waren weit und breit das einzige Fahrzeug um diese Zeit. Und die Beamten langweilten sich vermutlich zu Tode. Hier kam also die willkommene Abwechslung!

„Buenas tardes, Señores! Was kann ich für Sie tun, meinte der Amerikaner freundlich.

„Ausweis und Passierbewilligung, por favor", forderte der Grenzpolizist ziemlich scharf.

„Moment, das muss ich suchen! Inzwischen Zigarette gefällig?"

„Nein, wir lassen uns nicht bestechen und ablenken!"

„Aber meine Herren, seit wann lenkt eine Zigarette Eliteleute wie Sie ab?"

„Ausweis, und zwar schnell!", bellte jetzt der Uniformierte. Inzwischen leuchteten starke Scheinwerfer auf und blendeten wie stechende Sonnenstrahlen. Aber eher die eigenen Leute als die Fremden!

Dies benutze der „Gringo" blitzschnell, zog seine versteckte Schnellfeuerwaffe und erledigte alle drei Männer mit gezielten Schüssen in den Kopf oder ins Herz. Dann zog er einen Zettel aus seiner Tasche mit dem Aufdruck: „Für ein freies Kuba, ihr Unterdrücker der Freiheit!" und drückte diesen einem der Toten in die Hand.

Nun wie ein Verrückter weiterbrausend meinte er zu den jetzt totenbleichen Mitfahrern: „Es gab nur diese eine Möglichkeit. Tut mir leid für die drei Unschuldigen. Aber es ist wie überall auf dieser beschissenen Welt: Es trifft zuerst immer diese. Und ich hatte nur die Wahl: Entweder sie oder wir! Die Untersuchungen werden vermutlich ergeben, dass da wieder mal die verrückten Konterrevolutionäre am Werk waren. Ich schoss nämlich mit einer kubanischen Waffe. Und dann werden die Ermittlungen wohl eingestellt und drei wachsamere und schärfere Kontrollsoldaten eingesetzt."

„Wir sind bald da! Sie werden sehen, dass selbst heutzutage das Einfachste immer noch das Beste ist!", meinte der Amerikaner zu Rico und Margarita. Er fuhr die alte Karre am Strand in ein gut getarntes Versteck, nämlich ein äusserlich ziemlich verfallenes altes Bootshaus. Dort wartete ein ultramodernes Schlauchboot auf die drei, das sie in wenigen Augenblicken von der Seeseite her in die Festung bringen konnte. Der alte Chevy mit den gefälschten kubanischen Kennzeichen blieb einsam und verlassen im Schuppen zurück, bis zum nächsten Einsatz mit anderen Kontrollschildern.

18

Der ziemlich verbrannte Wagen von Alois Hirsch-fänger wurde erst durch die örtliche Polizei und dann auch durch den Geheimdienst und sogar durch die Helfer aus Europa untersucht. Alles ohne schlüssiges Resultat. Man vermutete ein Verbrechen, aber es wurden keine Leichen gefunden. In allen Etablissements und Wohnungen der Umgebung stiess man auf eisernes Schweigen, so auch im „Haus zur Perle".

„Ein Mann und eine Frau?" Fotos wurden herumgereicht! „Haben wir nicht gesehen. Wissen Sie, hier wimmelt es nur so von Kommenden und Gehenden!"

Viele, die gegenüber Uniformierten schon geredet hatten, um sich etwas wichtig zu machen, wurden hernach nie mehr gesehen. Darum schwiegen alle mit grosser Vorsicht. Der Barmixer von der „Perle" sowieso, denn der hütete sein opulentes Trinkgeld von gestern Nacht krampfhaft in seiner Innentasche. Von einem Blonden, der vermutlich sogar ein Yankee sein konnte, und der sich zu den Gesuchten setzte, wusste der Bulle absolut nichts! Wozu auch?

„Es ist einfach ein Rätsel, warum Doktor Hirschfänger, ohne sich abzumelden mit seiner Patientin verschwunden ist. Vielleicht liegt eine Entführung vor und wir erhalten demnächst eine Lösegeldforderung!", meinte der Chef der Hilfstruppe. Auch der einheimische Hilfssanitäter im Camp wurde befragt, aber dieser zuckte nur mit den Achseln. Im Stillen aber schmunzelte er: „Mit einem solchen Täubchen wäre ich in jungen Jahren vielleicht auch abgehauen. Und meine hundert Dollar lasse ich mir nicht mehr abluchsen!"

Auch der Leiter der UN-Delegation der Ärzte schwieg, weise wissend und hoffend! Eigentlich betete er zu Gott, dass dem Doktor und seiner Geliebten die Flucht gelingen möge und dass es bald mal ein Wiedersehen in Wien oder Nürnberg oder sonst wo im schönen alten Europa geben würde.

In Havanna tobte Major Pedro Cabanas wie ein verrückt gewordener Stier. „Meine Schwester vermasselt mir dadurch vermutlich meine geplante Beförderung. Welch eine Schande! Welch eine Enttäuschung! Und hintenherum freuten sich gewiss schon einige andere Anwärter über mein Pech!"

Die drei Erschossenen bei der Strassenkontrolle wurden ohne Zeitungsberichte und ohne Aufhebens still und heimlich beigesetzt. Deren Angehörigen teilte man im trockenen Beamtenstil mit: „Ehrenvoll im Dienste des Vaterlandes gefallen!" Wie viel solcher „ehrenvoll Gefallenen" gibt es wohl immer wieder und überall auf der Welt. Zudem wurde diesen betroffenen Familien geraten: „Maul halten oder ihr kommt weg von hier. Für euer Schweigen aber erhaltet ihr eine staatliche Pension, mit der es sich leben lässt."

Es kommt nur darauf an, wie? Aber man muss bedenken, dass vor der Revolution durch Che Guevarra und Castro das Leben auf Kuba für die meisten Menschen nicht nur armselig, sondern geradezu scheusslich war, und dass die Zustände von heute die meisten vor allem ältern Leute, die nichts anderes kannten, zufrieden stellt.

„Ob an diesem Massaker wirklich verrückte Konterrevolutionäre schuld sind? Wenn ja, so dürfen wir dies wirklich keinesfalls publik machen. Das könnte Schule machen für andere mit solchen verrückten Ideen. Und das wiederum könnte uns lächerlich machen vor den Leuten. Manche würden sagen: ‚Was haben wir nur für famose Wächter und Hüter der Ordnung!' Die Geschosse stammen vermutlich aus einer kubanischen Waffe. Aber was heisst das schon? Legen wir den Fall zu den Akten!", meinten einhellig die Untersuchungsbeamten.

Auch den Kollegen von Doktor Hirschfänger waren für weitere Nachforschungen die Hände gebunden. Sie tuschelten aber untereinander: „Unser lieber Alois ist doch auf und davon mit seiner kubanischen Venus! Hoffentlich kommt er durch, zumal er uns ja noch ein Bier versprochen hat!"

Mit solchen und anderen Sprüchen versuchten sie sich etwas zu beruhigen, was aber nicht wirklich gelang. Doch der Tag ihrer Abreise rückte auch bald heran. Hier gab es für sie nicht mehr viel zu tun, liess man sie freundlich wissen.

19

„Colonel, Sie können passieren", meinte salutierend der erste und dann auch der zweite Posten bei den diversen Absperrungen und Kontrollschleusen. So gelangten die drei eigentlich ohne Schikanen und endlose Fragereien bald einmal ins Empfangsbüro des momentan amtierenden Kommandanten.

Von Gefangenen sahen sie weit und breit nichts, nur überall Stacheldraht und Doppelpatroullien mit meist deutschen Schäferhunden. Eine eher etwas zerschlissene und nicht mehr ganz saubere Stars-and-Stripes-Flagge wehte weit über den gewiss elektrisch geladenen Zäunen. Vielleicht braucht die Army zu viele saubere und neue Fahnen für die vielen Särge, die aus der halben Welt zum Arlington-Heldenfriedhof in Washington überführt werden müssen!?

Rico meinte leise zu Margarita „Hast du gehört, unser Retter ist ein Colonel! Also vermutlich ein hohes Tier im Geheimdienst!"

Colonel Joe Smith berichtete zunächst dem Kommandanten, dass er nichts Auffälliges in der Stadt Guantánamo sowie Santiago de Cuba und auch nicht in der ganzen Provinz entdeckt hatte. „Man ist ständig auf der Hut. Und von unseren Mittelsleuten ist keiner verschwunden und auch keiner umgekippt oder umgepolt worden!"

„Danke Colonel! Gut, dass der Laden hier vielleicht doch bald dichtgemacht wird. Für die halbe Welt sind wir hier die Schweine. Und unsere ‚Gäste' waren und sind vielleicht auch reissende Wölfe und Schweine. Aber was ist schon gewiss und bewiesen? Vielleicht vegetiert auch mal ein Unschuldiger hier. Colonel, vergessen Sie meine Worte aber gleich wieder!" meinte der Kommandant, der vermutlich im Rang eines Generals war, hier aber meist ohne Uniform auftrat, als wenn er diese nicht beschmutzen wollte.

Nach einer guten halben Stunde wurden dann auch Alois alias Rico und Margarita hereingerufen. Der Befehlshaber meinte: „Nun zu Ihnen! Sie sind also ein Deutscher und ein Österreicher zugleich? Gab's das nicht schon einmal vor gut sechzig Jahren oder etwas mehr? Sorry, ich weiss, Sie und wir alle können nichts dafür. Aber wissen Sie, bei uns in West Point in der Militärakademie lernt man eben auch Geschichte. Ob allerdings auch *aus* der Geschichte etwas gelernt wird, das ist eine andere Frage! Aber kommen wir zur Sache!"

„In drei Tagen fliegt eine Transportmaschine der Army von hier nach Miami. Das ist für Sie besser, als eine Reise mit einem U-Boot. Besonders wenn man vielleicht unter Platzangst und anderen Phobien leidet. Es ist nämlich fürchterlich eng in diesen schwimmenden Särgen. Die Transportmaschine ist zwar auch kein Luxusjet. Aber relativ sicher und vor allem schnell. Ich würde Ihnen empfehlen, reisen Sie als Doktor Hirschfänger. Und die Dame versorgen wir mit einer neuen Identität. Als Herr Rico Wagner figurieren Sie gewiss immer noch auf einer schwarzen Liste. In Florida leben Hunderttausende Exilkubaner. Darunter stecken sicher auch etliche Geheimdienstler im Auftrag eines gewissen Herrn Raúl Castro."

„In Miami bewegen Sie sich vorsichtshalber am besten getrennt. Sie werden dies gewiss aushalten nach allem, was Sie schon durchlebt haben. Lufthansa fliegt meines Wissens täglich Nonstop Miami–Frankfurt. Haben Sie gültige Kreditkarten oder müssen Sie zunächst von Germany oder Austria Geldmittel anfordern?"

„Das sind die kleinsten Probleme! Wie können wir Ihnen danken, General, für alles, was Sie für uns tun?"

„Indem Sie so rasch wie möglich von hier verschwinden und kein Sterbenswörtlein darüber erzählen. Sie ersparen mir damit viel Ärger, und ich Ihnen viel Papierkram, Gesuche und eine unendliche Warterei. Wissen Sie, es gibt auch beim CIA, im Pentagon und in den Regierungsetagen zu viele Federfuchser, Berater und Beamte! Und hinzukommen dann die Medien, immer auf der Suche nach einem gefundenen Fressen!"

„So, und jetzt einen anständigen Drink für uns alle! Was darf es denn sein?"

„Einen Cuba Libre! Wenn das hier kein Sakrileg ist!", schlug Rico vor.

„Gute Idee! Ein Sakrileg? Aber nein! Wir gewinnen gerne jedem Land seine schönen Seiten ab! Aber nachher muss ich euch gewissermassen für die drei Tage bis zum Flug ‚einsperren'. Es herrscht auch absolutes Handyverbot, aus verständlichen Gründen! Es sollte euch auch tunlichst niemand sehen ausser mein persönlicher Adjutant und Steward. Schlaft viel, erzählt euch viel, esst und trinkt, und schaut aus dem Fenster in Richtung Freiheit!"

„Henry!"

Die Tür flog auf und ein strammer Unteroffizier salutierte. „Du siehst hier vier Personen, aber eigentlich siehst du nur mich! Klar?"

„Völlig klar, Sir!"

„Okay! Ich hätte gern für mich vier Cuba Libre! Besonders stark!"

„Zu Befehl, Sir!"

„Und noch etwas, Henry!"

„Sir?"

„Gib doch da drüben bei den armen Hunden gewissen Sadisten von Aufsehern wieder mal ein paar Schlafmittel in ihren Frass, dass die Gefangenen endlich mal ein paar Stunden Ruhe haben!"

„Mit Vergnügen, Sir!"

20

Der Aufenthalt in Guantánamo war für Rico und Margarita zwar absolut sicher, aber die Zeit tropfte zäh dahin.

Margarita fasste endlich Mut, um ihrem Rico etwas zu berichten, was sie seit drei Monaten grausam quälte. Ganz sachte begann sie mit ihrer Schilderung, die stets unterbrochen wurde durch Tränen, Schniefen und Schluchzen, aber auch durch eine unübersehbare Angst, ein oft krampfhaftes Zittern und gleich wieder aufschäumende Wut.

„Wie nur passen diese Reaktionen und Emotionen alle zusammen", dachte sich Rico, forderte sie aber sanft auf, weiter zu berichten. Und zwar ohne Angst, er würde sie sicher verstehen und ihr helfen.

„Genau dies, so befürchte ich, wirst du nicht können und auch nicht wollen!"

„Nichts kann unsere Liebe zerstören!"

„Ich werde dich an diesen Satz am Ende meiner Geschichte erinnern!"

„Rico, nach meiner von meinem eigenen Bruder inszenierten Strafversetzung nach Santiago de Cuba und dem Bezug meiner schäbigen Einzimmerwohnung in einem zweifelhaften Quartier, in dem auch oft stockbesoffene Matrosen ihre Heuer oder ihren Sold durchbrachten, bei Hurerei und Alkohol, wurde ich eines Nachts brutal aus dem Bett gezerrt und vergewaltigt."

„Alles Flehen und Bitten, alles Schreien nützte nichts. Ich war noch Jungfrau. Bei uns hier gewiss die grosse Ausnahme. Denn ich wollte nur intim werden mit dem Mann, den ich lieben könnte. Mein Elternhaus und alles, was ich dort als Kind durchlebte, bewogen mich zu dieser vielleicht altmodischen Einstellung."

„Es missbrauchte mich nur einer. Die anderen zwei Matrosen hatten vermutlich genug von meinem Schreien und Heulen. Und alles war voller Blut! Ich litt nebst scheusslichen körperlichen Schmerzen seelische Qualen, die mich bis heute in schlimmsten Albträumen verfolgen. Zuerst wollte ich mich, beschmutzt und verdreckt, gedemütigt bis ins Innerste, einfach umbringen. Aber dazu war ich doch zu feige. Und jetzt kommt das Fürchterliche: Ich bin schwanger von diesem Scheusal, und zwar im dritten Monat!"

„Das Kind wegmachen kommt für mich nicht in Frage. Er war ein Tier, aber was in mir wächst, ist auch mein Fleisch und Blut. Und dies kann, will und darf ich nicht töten! So, und jetzt kannst du mich verstossen und verlassen! Ich wiederhole einfach nur noch deinen letzten Satz, den du aber nie erfüllen kannst: ‚Nichts kann unsere Liebe zerstören'!"

Rico wurde leichenblass und war zutiefst entsetzt. Nach ewig langen Minuten des Schweigens meinte er zu Margarita: „Kennst du dieses Schwein? Ich bringe ihn um!"

„Denk mal, ein Matrose unter hundert anderen! Der ist längst wieder auf einem Schiff irgendwo auf hoher See!"

Margarita, meine Liebe zu dir bleibt. Im Gegenteil, sie wird noch grösser. Nein, es ist kein Mitleid oder Erbarmen. Es ist echte und tiefe Liebe! Aber du willst doch nicht ein Leben lang an diese Hölle erinnert werden, wenn du einen solchen Bastard zur Welt bringst! Bitte um Deinetwillen: Lass das Kind wegmachen!"

„Es hat also keine Daseinsberechtigung? Es ist also schuldig am Verbrechen? Ich soll also töten? Ich werde dich zwar immer noch lieben, aber dann werden wir auseinandergehen! Ein unschuldiges Wesen, dem auch ein Leben geschenkt sein kann, bringe ich nicht um. Das hier ist kein Krieg, in dem immer wieder viele Unschuldige sterben. Ich bin eine werdende Mutter, die ein Leben lang nicht mehr froh würde, wenn sie ihr Kind von einer verfluchten Engelmacherin aus ihrem Leib rausreissen und in den Abfalleimer werfen liesse. Ich weiss, ich brauche viel Kraft. Aber das andere würde über meine Kräfte gehen! Ich denke, ein wenig Verständnis musst du auch haben, denn du bist Arzt!"

„Wollen wir uns jetzt und hier für immer verabschieden? Dann küsse mich bitte noch einmal und blicke nicht mehr zurück, wenn du aus diesem Zimmer gehst. Denn dann siehst du eine andere Margarita, die du nicht mehr kennst!"

Beide zitterten wie Espenlaub, als sie sich scheu aber unendlich lang küssten. Tränen flossen über beider Wangen. Margarita wartete mit verschlossenen Augen auf sein Weggehen. Sie wartete und wartete! Nach einer halben Ewigkeit öffnete sie die Augen und blickte in Ricos Antlitz, das voller Liebe ihr zulächelte.

„Weisst du, wann ich von dir mal weggehe? Erst wenn man mich mal irgendwo im Sarg hinausträgt!"

21

Der Flug mit der Frachtmaschine der US-Army war für Margarita ein Erlebnis sondergleichen, auch wenn sie verständlicherweise bei ihrem ersten Flug etwas ängstlich war. Für Rico hingegen bedeutete der Rumpelflug der Propellermaschine eine Reise wie mit einem alten Holzfuhrwerk. Die Motoren dröhnten und heulten wie eine Herde Büffel, so dass Kopfschmerzen einsetzten. Druckausgleich gab es in diesem ziemlich dunklen Frachtraum offenbar auch nicht, so dass die Ohren zusätzlich stachen und zwickten. Irgendwo war ein kleines Fenster, aus dem man mühsam einen Fetzen Meer erspähen konnte.

Als aber der Pilot ankündigte, dass der Sinkflug eingeleitet würde und sie in etwa 20 Minuten auf dem offiziellen Flughafen von Miami landen und natürlich bei einem separaten Gate andocken würden, durchströmte die beiden ein unbeschreibliches Gefühl der Freiheit.

Auf dem immer riesiger werdenden Drehkreuz des Flughafens Miami für halb Mittel- und Südamerika durchwanderten sie unendliche lange Gänge und grosse Hallen, bis sie endlich vor den Schaltern der Lufthansa standen. Margarita kam aus dem Staunen all dieses Überflusses nicht mehr heraus. Vermutlich erlitt sie hier ihren ersten Kulturschock, nur im umgekehrten Sinn, aus relativer Armut in einen ebenso nur relativen Reichtum.

Es ist wirklich vieles relativ! Rico wollte seiner Margarita dies später erläutern und erklären und dachte dabei sinnigerweise gerade hier und jetzt an ein Wort des ehemaligen deutschen Ministers Otto Graf Lambsdorff. Dieser soll einmal gesagt haben: „Wenn ich an die Relativitätstheorie von Einstein denke, so komme auch ich zum Schluss, dass tatsächlich vieles relativ ist. Wenn ich nämlich sieben Flaschen Wein im Keller habe, so ist das relativ wenig. Wenn ich aber sieben Flaschen in meinem Kabinett in der Regierung habe, so ist das relativ viel!"

„Rico, was schmunzelst du?", fragte Margarita verwundert.

„Erzähle ich dir später! Du sollst es nie langweilig haben bei mir im Leben! Aber ich kann dir darum nicht schon jetzt fast alles erzählen, was ich weiss, sonst wird es dir dann doch nach Jahren langweilig. Wir müssen jetzt zum Ticket-Schalter der Lufthansa und dann sofort zu einer Bank."

„Aber mir knurrt der Magen!"

„Gutes Zeichen! Mir eigentlich auch! Aber komm, wir müssen zunächst schauen, wann und wo noch freie Plätze im Flugzeug zu ergattern sind! Die Leute reisen heute wie verrückt in der Welt herum, um sich von den inneren und äusseren Problemen abzulenken!"

„Herr Hirschfänger, Frau Casparo" (so lautete der Pass von Margarita), Sie haben Glück. Es sind noch zwei Plätze frei für die nächste Maschine nach Frankfurt, die in wenigen Stunden startet. Leider aber nur in Eco-Class!", meinte relativ freundlich die Dame am Schalter der Lufthansa.

„Eco? Ja, da kann man nichts machen", erwiderte Herr Hirschfänger. Im Grunde genommen war er aber froh, denn Business oder First für sie beide hätte seine Kreditkarte vermutlich nicht „geschluckt".

„Bitte reservieren Sie die Plätze für uns. Ich bezahle gleich mit American Express. Aber wir sind am Verhungern. Lassen Sie uns zuvor noch ein richtiges amerikanischen Breakfast geniessen!"

„Selbstverständlich! Eine Etage höher und dann einfach rechts! ‚Golden Wings' heisst das Restaurant, glaube ich. Guten Appetit!"

22

Wenige Stunden später über dem Atlantik meinte Rico: „Wir werden unseren kurzen Aufenthalt in den USA einmal tüchtig nachholen. Und zwar für etliche Tage, wenn du willst. Das Land ist riesig, kontrastreich, interessant, eigenartig, und zum Teil komisch und doch auch wieder wunderschön! Aber jetzt geht's zuerst heim nach Germany!"

„Für mich ist seit Tagen alles so kontrastreich, dass dies kaum mehr zu überbieten ist!", meinte Margarita ganz versonnen. „Erzähl mir das Wichtigste über Deutschland, bevor wir dort ankommen. Ich kann mir vorstellen, dass die Kontraste weiter auf mich einprasseln werden wie ein Tropenregen!"

Der lange Flug in der engen und mit Leuten vollgestopften Röhre eines Grossraumflugzeuges, das Einatmen der immer wieder gleichen gesiebten trockenen Luft, das „Einschlafen" eines Beins, eines Arms, des Nackens infolge mangelnder Bewegung, das kennen wohl die meisten Passagiere. Der alte Werbespruch „Nur Fliegen ist schöner!" gilt wohl nur für solche, die dies ein oder zweimal im Jahr tun dürfen/müssen!

Trotzdem, Rico und Margarita waren so glücklich und so verliebt, dass sie zum Teil neidische und zum Teil spöttische Blicke erhielten. Das war den beiden aber völlig egal. Die Leute und die Welt um sie herum war einfach nicht existent. Nur die gelegentliche Frage der Stewardess: „Möchten Sie noch was zum Trinken?", bejahten sie mit „Gerne, noch ein Glas Rotwein!"

Irgendwann schlummerten sie doch ein, und hielten sich noch im Schlaf fest die Hand, um sich ja nie mehr zu verlieren.

Die Stimme des Kapitäns über Bordlautsprecher schreckte sie auf: Man merkte dem Mann an, dass er sein Sprüchlein wohl zum fünfhundertsten Mal in etwa vier Sprachen herunterleierte. Oder war die Stimme sogar vom Band? Egal, Rico und Margarita hörten die für sie frohe Botschaft, dass der Sinkflug Richtung Frankfurt Airport eingeleitet wurde und sie voraussichtlich in gut zwanzig Minuten landen würden.

Dort wartete für sie am Flughafenbahnhof kurze Zeit später ein Intercityzug nach Nürnberg. Margarita war nun wieder aufgeregt wie ein kleines Mädchen vor Weihnachten, die Stadt ihres Rico bald kennenlernen zu können.

Adieu, kubanischer Geheimdienst! Nein, eigentlich nicht Adiós, sondern viel mehr: „Geht doch alle zum Teufel!"

23

Natürlich liegt Nürnberg in Bayern und ist sogar die zweitgrösste Stadt des Freistaates. Aber lieber hören die dortigen Leute, dass Nürnberg in Mittelfranken liegt. Die schöne und eigenwillige Stadt mit grosser Geschichte empfing ihren „verlorenen Sohn" mit seiner Margarita bei strömendem Regen und Wind. Diese meinte darum etwas schalkhaft zu Rico: „Regnet es in deiner Heimat immer?"

„Nein, eigentlich nur bei schlechtem Wetter", erwiderte Rico verschmitzt. Aber nicht zuletzt darum haben wir hier reine und gute Luft. Riechst du das nicht?"

„Meeresluft ist besser", gab sie lachend zurück. „Aber keine Angst, ich sehne mich nicht danach zurück. Hier ist es jedenfalls nicht so heiss und schwül, und dies nicht nur wegen des Wetters!"

Rico benachrichtigte absichtlich seine Mutter nicht von seinem überraschenden Kommen. Er wollte sie erfreuen und erschrecken zugleich. Als Else Wagner die Tür öffnete und ihn mit Begleitung vor sich sah, leuchtete ihr Gesicht auf wie die Sonne, aber sie meinte in ihrer typischen Art: „Lernt man in Kuba nicht mehr Anstand? Ich hätte ja auch in einer unmöglichen Situation überrascht werden können!"

„Du meinst mit einem Liebhaber im Bett?", grinste Rico!

„So ungefähr, oder noch schlimmer! Junge, komm an mein Herz und sei tausendmal willkommen!" Nach einer heftigen Umarmung meinte sie:

„Entschuldigung, wer ist die junge und blendend aussehende Dame, die du da mitgebracht hast?"

„Das ist meine Verlobte Margarita aus Kuba. Wir wollen, nein, wir müssen demnächst heiraten. Sie ist schwanger! Aber aufgepasst, Mama, sie spricht kein Deutsch, sie versteht und spricht aber unter anderem gut Englisch. Also, krame deine Englischkenntnisse wieder zusammen. Es wäre nett, wenn du auch sie willkommen heissen könntest!"

„Welcome, Lady Margarita!" Sie umarmte auch sie ebenso herzlich wie ihren Sohn, meinte dann aber zu ihm: „Es wäre eigentlich schon angebracht gewesen, bevor ihr ein Enkelkind zeugt, mich anzufragen, ob ich überhaupt bereit bin, Grossmutter zu werden! Aber ich habe ja seit Jahren nichts mehr zu sagen!

Kinder, kommt, das müssen wir feiern. Und dann erzählt! Ich platze vor Neugier!"

„Das war schon immer so bei dir, Mama!"

„Frechdachs! Margarita, ich warne Sie, erziehen Sie den Flegel tüchtig. Mir ist es leider nicht gelungen!"

„In Englisch bitte, Mama!", grinste Rico.

„Warte nur ein paar Stunden. Meine übriggebliebenen grauen Zellen werden schon wieder englische Vokabeln ausspucken, dass ich sogar das Wort ‚Frechdachs' sinngemäss oder noch viel drastischer übersetzen kann."

Die nächsten Stunden verflogen förmlich unbemerkt. Margarita wurde Ricos Mama immer sympathischer. Eigentlich war es Zuneigung auf den ersten Blick gewesen. „Aber wie kommt es, dass Margarita bereits weiss, dass sie schwanger sein soll? Rico war doch nur einen knappen Monat als Arzt in Kuba tätig! Nun, das werden wir schon noch klären. Mein Junge und ich sind immer zu einem Scherz aufgelegt. Himmel, wenn dies aber gar kein Scherz ist? Wenn das Baby sogar von einem anderen stammt? Junge, verkaufe deine Mutter nicht für blöd, auch wenn du Arzt geworden bist! Gelegentlich werde ich mit dir ein Hühnchen rupfen!"

„Gibt es in Nürnberg vielleicht auch Kubaner?",
fragte nach einem opulenten Abendessen aus Mamas
Küche Margarita, satt, zufrieden und müde.

Rico meinte: „In Deutschland findest du vermutlich
alle Nationen der Welt. Und Nürnberg", so erläuterte
er stolz, „zählt immerhin über eine halbe Million
Einwohner, das Einzugsgebiet über zwei Millionen.
Wenn es auf dem Mars die sogenannten ‚grünen
Männchen' gibt, so werden vermutlich sogar solche
hier zu finden sein!"

„Von ‚grünen Männchen' habe ich die Nase voll!"
meinte Margarita, plötzlich wieder etwas erschrocken. „Manche von denen in meiner Heimat leben
aber in ihrer Weltanschauung wirklich noch auf dem
Mars!"

24

Irgendwann hat man auch die vielen Sehenswürdig-keiten von Nürnberg durchgeackert und durchwan-dert. Die schon um1140 nach Christus begonnene Altstadt ist sehenswert, natürlich auch mit der auf dem Hügel stehenden Kaiserburg. Die Sage geht um, dass von jenem Hügel aus der Name Nürnberg abge-leitet sei, nämlich „nur ein Berg"! Zum Stadtrund-gang gehören vielleicht auch ein Schnuppern bei dem alten Reichstagsgelände und damit eine ge-dankliche Auseinandersetzung mit dem Geschehen vor und während des Zweiten Weltkrieges. Fast ein Muss ist ein Konzertbesuch in der Meistersingerhal-le mit der dortigen fantastischen Orgel.

Rico meinte eines Tages zu der immer wieder stau-nenden Margarita: „Ich habe mich endlich mit einer vielleicht wenig plausiblen Ausrede in meiner Klinik in Wien abgemeldet und in etwa zu erklären ver-sucht, warum ich in Kuba einfach abgehauen bin. Natürlich habe ich niemals deinen Namen erwähnt. Was sich die Leute dort denken, ist mir einerlei. Nun aber müssen wir für die Zukunft planen. Du brauchst einfach die deutsche Staatsbürgerschaft, und auch darum wollen wir die Heirat ins Auge fassen!"

„Nur darum?", fragte Margarita etwas enttäuscht.

„Dummerchen, Liebste! Natürlich nicht! Lass dir meine Zukunftspläne darlegen. Du kannst jederzeit Einspruch erheben, und dann ändern wir! Aber mit Hilfe eines gewieften Anwalts und Paragraphenverdrehers sollten wir deine alte Identität wieder herstellen. Oder willst du unter dem dir von Guantánamo gegebenen Namen als Margarita Casparo weiterleben?"

„Ich will einfach mit dir weiter zusammenleben. Unter welchem Namen ist mir egal! Aber wenn wir heiraten, erfülle mir einen Wunsch: Ich möchte auch kirchlich getraut werden, und zwar in einem wunderschönen weissen Brautkleid!"

„Selbstverständlich! Aber ist es nicht schon eigenartig: Du bist offiziell in Kuba eine Atheistin gewesen, ob gewollt oder nicht. Und du willst in einer Kirche heiraten! Und ich bin eigentlich getauft als Mitglied der lutherisch-evangelischen Kirche und lebe bisher nahezu als Atheist oder zumindest als steter Zweifler! Wie sich die Dinge drehen können!"

„Ich meinte, in Bayern seien alle katholisch! Der Papst kommt doch auch aus Bayern", konstatierte Margarita.

„Weißt du: Wir sind hier wohl in Bayern, aber wir zählen innerhalb Bayerns zu Franken. Und dazwischen stehen Welten!"

„Was seid ihr Deutschen doch für ein unbegreifliches Volk!"

„Unbegreiflich? Nein, einfach vielfältig!"

„Hoffentlich nicht auch in Bezug auf Frauen!", meinte Margarita etwas schelmisch.

„Bei einer Frau wie dir niemals!", beteuerte Rico lachend.

„Ich werde dich aber jedes Jahr wieder fragen und einer Gewissensprüfung unterziehen!"

„Tue das! Und nun noch etwas: Wir sollten nach der Hochzeit auswandern, und zwar in die Schweiz! Für mich ist dieses kleine Land zwar manchmal noch unbegreiflicher als für dich Deutschland, aber umso interessanter und schöner. Neuerdings ziehen jedes Jahr über 20'000 Deutsche dorthin. Vor allem auch viele Mediziner. Dort ist es nicht nur landschaftlich schön, sondern auch freiheitlicher und sicherer. Und dort winkt ein bedeutender Mehrverdienst und zudem niedrigere Steuern! Wir können zur Probe mal hinfahren und uns dieses traumhafte Land anschauen. Ich fühle, du wirst begeistert sein. Und Ärzte auf vielen Spezialgebieten werden dort laufend benötigt und gesucht!"

„Aber sag um Himmels Willen im Moment meiner Mama nichts davon, sonst schlägt sie mich tot, mindestens mit Worten. Sie soll sich jetzt einfach mal auf ein prächtiges Hochzeitsfest und auf ihren Enkel freuen! Übrigens sei ihr gegenüber auch etwas vorsichtig mit dem genauen Datum deiner Schwangerschaft. Sie ist etwas misstrauisch geworden, weil wir uns in Kuba ja erst vor kurzer Zeit wie durch ein Wunder wieder getroffen haben!"

„Es war nicht *wie* ein Wunder, Rico, es *ist* ein Wunder! Und das Kind ist einfach unser Kind und im besten Fall eine Frühgeburt! Du bist doch Arzt, und du musst es wissen!", lächelte Margarita, aber doch etwas schmerzlich, weil die verfluchte Vergangenheit überall versuchte, sie wieder einzuholen.

25

Aber zwischen Rico und Margarita gab es noch ein brennendes Problem aus der Vergangenheit, an das keiner der beiden sich recht heranwagte, obschon sich beide Herz und Hirn zermarterten, wie hierbei weiterzukommen sei. Eine gelebte und natürliche Sexualität!

Sie liebten sich wirklich in wunderbarer Art und Weise. Aber sie waren sich körperlich ausser Küssen und Streicheln und zärtlichen Berührungen einfach noch nie nähergekommen. Beide litten unter dem Trauma, das Margarita bei ihrer Vergewaltigung erlitt. Und doch: Sie sehnten sich nach mehr, nach viel mehr. Auch das natürliche Verlangen und die Hormone spielten manchmal so verrückt, dass es nach mehr Erfüllung der Sehnsüchte knisterte.

Und dann schreckten beide wieder davor zurück. Vor allem Rico wollte Margarita nicht ängstigen, denn für sie konnte die kleinste Unbedachtheit und die kleinste gutgemeinte Zärtlichkeit vielleicht eine psychische und physische Katastrophe auslösen.

Aber ihre Liebe, echte Zärtlichkeit, Einfühlungs-
vermögen und nicht zuletzt die Natur fanden mit der
Zeit doch ihren Weg. Margarita zuckte zwar beim
ersten etwas intimeren Streicheln von Ricos Händen
und beim äusserst sanften Küssen ihrer Augen, ihres
schlanken Halses, der Schultern, beim Ansatz ihrer
Brüste erst krampfhaft zusammen. Aber dann fühlte
sie Empfindungen, die sie erstaunten und beglück-
ten, die in ihr ein Verlangen nach mehr auslösten,
das sie sich nicht erklären konnte.

Als Rico sich dann bewusst ganz sanft von ihr löste,
flüsterte sie in sein Ohr: „Rico: Bleib bei mir, ich bin
glücklich! Lehre mich Schritt um Schritt, ich bin
gern deine Schülerin!"

Rico dachte sich dabei überglücklich: „Wo ist ein
ehrlicher Mann mit einer ehrlichen Liebe zu einer
Frau, der sich so etwas nicht erträumte und wünschte?"

Nur Mama Else, die ihre Augen und Ohren einfach
überall hatte, wie sich das natürlich gehört für eine
besorgte Mutter, zweifelte langsam daran, ob bei den
beiden alles stimmt! „Mein Gott", dachte sie, „wenn
ich da an unsere Nächte und verstohlenen
Zusammenkünfte mit meinem Gustav denke? Da
waren wir beide ausbrechende Vulkane!"

Trotz ihrer oft an den Tag gelegten Offenheit und Burschikosität hielt sie sich mit Andeutungen, geschweige denn mit Fragen doch diskret zurück. Aber ernsthaft besorgt war sie doch! „Ich bin doch nicht blind! Und Margarita ist schwanger! Wie kommt denn dies?"

26

Nahezu ebenso kompliziert, wenn auch auf einer ganz anderen Ebene, war das Beschaffen der nötigen Papiere für Margarita. Was ist denn ein Mensch bei uns ohne Papiere? Existiert der überhaupt? Gewiss, Ordnung muss sein, wo kämen wir denn da sonst hin? Aber wenn der Amtsschimmel wiehert? Und das noch bei der berühmten deutschen Gründlichkeit.

In Kuba selbst konnte man aus verständlichen Gründen nicht nachhaken. Sie galt ja dort als verschollen, oder dann sogar als Verbrecherin und Verräterin am Vaterland. „Die gefälschten Papiere durch das geächtete und verhasste Guantánamo müssen vermutlich doch als Basis für eine neue Identität herhalten", beratschlagten Rico und Margarita.

„Sollte man diese Dame nicht erst mal tüchtig überprüfen? Vielleicht ist sie ja nur eine eingeschleuste Spionin des kubanischen Geheimdienstes!", erörterten aber zur gleichen Zeit Sachbearbeiter im Auswärtigen Amt und schalteten dazu auch den BND und das BKA ein. „Der durch Liebe blind gemachte Doktor Rico Wagner will dies vielleicht einfach nicht sehen! Aber nur langsam, Leute! Wir haben Zeit, auch wenn die beiden unbedingt heiraten wollen!"

Es kam aber ganz anders! Margaritas Bruder, seines Zeichens Major des Geheimdienstes von Havanna, der bei der Beförderung zum Oberst übergangen wurde, war derart beleidigt und zutiefst gekränkt, dass er die Seite wechselte. Wohin denn? Nun, das naheliegende war: Er wurde Agent der CIA.

Für ihn war eine Flucht nach den USA ein kleineres Problem als damals für seine Schwester. Sicher, auch er wurde überwacht. Aber da gab es immer wieder Einladungen zu Konferenzen und Kongressen im Ausland. Und mit kleinen Raffinessen ist man bald mal „auf der anderen Seite" tätig. Dass er dabei mit Tod und Leben spielte, war ihm völlig klar. „Aber das tue ich ja die ganze Zeit. Und mich übergeht man nur einmal! Gewisse hohe Tiere werden dies noch bitter bereuen!", grollte der Major und verschmähte Oberst.

Pedro Cabanas war sich natürlich voll bewusst, dass er für lange Zeit auf der anderen Seite genauestens und minutiös geprüft wurde, ob er nicht Mehrverdienst als Doppelagent anstrebte und als Maulwurf für beide Seiten arbeitete. Man schob ihm dazu manchmal auch für seine Begriffe etwas dilettantisch gefälschte Dossiers zur Behandlung unter.

Trotzdem, beim CIA erfuhr er aus gewissen Unterlagen, dass seine Schwester Margarita offiziell als verschollen galt, vermutlich aber via Guantánamo abgehauen war mit einem österreichischen Arzt. Und der österreichische Nachrichtendienst verwies seinerseits wieder auf den BND der Bundesrepublik. Also waren es diesmal nicht die „grünen Männchen" ohne Uniform, die vor allem Margarita in Nürnberg diskret observierten, sondern der BND.

Um es kurz zu machen: Durch gespeicherte Computerdaten aus verschiedensten Ländern wurde der neue Aufenthaltsort Margaritas von ihrem Bruder Pedro gefunden. Und er, der damals bei der Strafversetzung aus purer Eifersucht ihre Papiere sicherheitshalber an sich nahm, schickte ihr diese zu, mit der kurzen Bemerkung: „Entschuldigung, Margarita! Ich war ein verblendeter Idiot und bin endlich erwacht. Ich kämpfe zwar weiterhin für unser schönes Kuba, aber diesmal hoffentlich auf der rechten Seite!"

„Hier deine Papiere für deinen künftigen Weg. Ich bitte inständig um Vergebung und hoffe sogar auf ein Wiedersehen! Hau mir dann links und rechts Ohrfeigen runter, aber bitte verachte mich hernach nicht mehr!"

Eine Adresse ihres Bruders war nicht dabei. Auch sonst hätte Margarita ihm vermutlich nicht geantwortet. Zu gross war ihr Zorn auf ihn mit seiner blödsinnigen Eifersucht und auf sein krankhaftes Karrieredenken, unter dem vermutlich Unzählige leiden mussten.

Also stand einer im kleinen Kreis und in einer alt-ehrwürdigen Kirche geplanten feierlichen Hochzeit von Rico und Margarita bald nichts mehr im Wege. Nur vielleicht Ricos etwas skeptische innere Haltung und Einstellung gegenüber kirchlichen Handlungen.

Er schaute sich während der Trauzeremonie diskret die alten und wohl meterdicken Steine der Säulen, Gewölbe und Mauern an und überlegte sich, wie viel hier von früheren und frommeren Generationen wohl gebetet wurde zu einem Gott, den er leider weder kannte oder erlebte. Oder doch? „Wie war denn dies damals beim Castillo in Santiago de Cuba, als ich plötzlich Margarita vor mir sah? Sagte ich nicht spontan, dass uns eine höhere Macht zusammengeführt hat?"

Die unzähligen sozusagen zu Stein gewordenen Gebete beeindruckten ihn ungewollt stark in dieser alten Kirche. Er überlegte sich, ob all jene gläubigen Menschen von früher mit ihrem Rufen zu Gott nicht doch besser durch die Probleme und Enttäuschungen des Lebens kamen? Und ob im Angesicht des Todes eines ihrer Lieben nicht doch manche hier nach dem Sinn des Lebens suchten und eine gewisse Hoffnung und vielleicht sogar Trost fanden?

„Wer weiss, vielleicht kann hier auch unsere Ehe doch von einem Segensspruch des Geistlichen profitieren. Eigentlich ist man oft zu oberflächlich und beschäftigt sich nur mit Problemen, die am Ende des Lebens nun wirklich keine mehr sind, immer angenommen, es geht in einer anderen Welt doch weiter!? Ich glaube, hier kann ich von meiner Braut und künftigen Frau noch manches lernen!"

27

„Es war doch eine grossartige Hochzeitsfeier in der Kirche, mein Junge", meinte Ricos Mutter nach den obligaten Fototerminen sowie nach einem gemütlichen und feinen Essen. „Ganz anders als die trockene und fast etwas steife Zeremonie auf dem Standesamt oder nicht?"

„Der Organist war Klasse?"

„Und der Geistliche?"

„Ach, weißt du, ich habe kaum zugehört! Ich beschäftigte mich mit der Baukunst der damaligen Zeit und mit den einfachsten Mitteln, die für solch ein Bauwerk damals vorhanden waren!"

Dass er sich gerade dabei wirklich noch tiefere Gedanken machte, wie selten sonst im Leben, das verheimlichte er vorerst seiner Mama. Vielleicht aus Sorge, dass dann das Predigen auf ihre Weise weitergehen könnte.

Und wie dies weiterging. Vielleicht treffender als beim Prediger zuvor.

„Hör mal Rico, du kannst manchmal ein richtiger Kotzbrocken sein!"

„Aber Mama, warum? Wie hättest du mich den gerne?"

„Manchmal etwas konservativer, manchmal auch etwas liberaler! Ach, du weißt schon …!"

„Also ein Engelchen und dann auch wieder mal ein Teufelchen?"

„Frag nicht so blöd! Ich merke doch, dass du an solche Wesen gar nicht glaubst! Nein, sei einfach etwas in der Mitte zwischen Realist und Skeptiker! Einfach nicht extrem, sondern normal!"

„Das gibt es kaum! Wer kann denn so sein?

„Ich!"

„Du? Ach so, pardon Mama, natürlich du! Das hätte ich fast vergessen!" Lachend gab er ihr einen Kuss, dankte ihr schmunzelnd für ihre grossartige Erziehung an ihrem einzigen Sohn und meinte:

„Mama, du kannst bereits an einer neuen Predigt herumfeilen! Nein, nicht jetzt, etwas später! Margarita und ich haben nämlich beschlossen, in die Schweiz zu übersiedeln. Beginne dann bitte mit jener Predigt erst, wenn schon der Umzugswagen vor der Türe steht!"

„Wir können dir nicht die ganze Zeit deine Wohnung besetzen und damit deinen Lebensraum einengen, besonders wenn der Nachwuchs kommt. Sonst findest du bei einem solchen Hochbetrieb ja wirklich keinen Mann mehr, der in so ein Gewimmel hineinkommen will!"

Mama war von solchen Offenbarungen wirklich so perplex, dass ihr im Moment eine Antwort im Munde stecken blieb, obschon sie diesen vor Staunen offen hielt.

28

Vor diesem entscheidenden neuen Lebensabschnitt geschah aber noch etwas für alle Beteiligten völlig Unvorstellbares!

Eines schönen Tages klingelte es bei der Wohnungstür von Else Wagner in Nürnberg. Rein zufällig öffnete Rico selbst die Tür – und blieb wie angewurzelt stehen. Vor ihm stand die gestylte „Übersetzerpuppe" von damals in jenem schäbigen Büro von Havanna, als das Tribunal der drei Geheimdienstmänner ihn ins Loch steckte und nach der grauenhaften Nacht schliesslich ins Flugzeug nach Madrid abgeschoben hatte. Er wusste ja nicht einmal ihren Namen, erinnerte sich aber sofort wieder an diese aufreizende aber doch eher künstlich wirkende „Dame".

In ihrem nahezu akzentfreien Deutsch meinte sie: „Ja, dann bin ich also hier doch recht bei Herrn Doktor Wagner!" Bevor Rico entsetzt ihr die Türe vor der Nase zuknallen konnte, fuhr sie mit dem Schuh auf der Schwelle fort: „Ich habe Sie lange, sehr lange gesucht, und nun doch endlich gefunden! Gestatten Sie, mein Name ist Estrella Gomez. Ich durfte Ihnen damals in Havanna diesen nicht mal nennen, denn ich musste anonym bleiben. Darf ich hereinkommen?"

„Ich wüsste nicht wozu", erwiderte Rico kalt. „Verschwinden Sie, oder ich rufe die Polizei!"

„Genau das würde ich an Ihrer Stelle nicht tun, vor allem nicht wegen Ihrer Frau Margarita!" Estrella drängte sich ohne ein weiteres Wort an ihm vorbei in den Flur. Dort aber meinte sie: „Es ist in Ihrem eigenen Interesse, mich anzuhören! Sonst sitzt ihr Täubchen gewiss bald hinter Gittern!"

Margarita und auch Else Wagner kamen verwundert herbei und fragten wie aus einem Mund: „Rico, wer ist denn diese Frau?"

„Ein abgefeimtes Luder aus Kuba. Eine Dolmetscherin beim Geheimdienst. Wie die nach Deutschland kommt und uns gefunden hat, ist mir ein Rätsel!", bemerkte Rico voller Hass und Zorn.

„Meine Damen, Herr Wagner, lassen Sie uns in Ruhe alles abklären! Wäre es vielleicht nicht besser, uns ohne Emotionen zu unterhalten?"

„Also, setzen Sie sich, und kommen Sie zur Sache. Ich wüsste wirklich nicht, was Sie uns Wichtiges zu berichten haben!" erwiderte Rico.

„Frau Wagner", meinte Estrella, „so darf ich Sie ja jetzt wohl nennen, Ihr Bruder und ehemaliger Major des kubanischen Geheimdienstes ist tot. Besser gesagt, er ist ermordet worden, und zwar nicht etwa in Kuba, sondern hier in Deutschland, präziser gesagt in Berlin. Die ganze Sache wird vorläufig noch vor den Medien geheim gehalten!"

„Nun, das ist traurig", meinte Margarita, nun doch sehr bleich geworden und sichtlich erschüttert. „Aber mit dem musste mein Bruder rechnen. Er hatte viele Neider und viele Feinde! Und meine Beziehungen zu ihm sind gestorben, längst bevor er tot war! Ich will nichts mehr hören über die Vergangenheit! Damit habe ich abgeschlossen. Hier hat für mich ein neues Leben und eine ganz neue Welt begonnen! Also, danke für den Bericht und verschwinden Sie!"

„Klare Diagnose, Frau Wagner!". Estrella betonte den Namen *Wagner* bewusst in einem höhnischen Tonfall. „ Nur hatte Ihr Bruder vor einiger Zeit das Feld gewechselt und arbeitete neuerdings für den CIA. In seiner neuen Tätigkeit reiste er kürzlich nach Berlin, um dort sogenannte kubanische Agenten zu enttarnen und auffliegen zu lassen. Ein Messerstich ins Herz beendete seine diffuse Laufbahn. Man fand seine Leiche vor der kubanischen Botschaft. Und in seinen Unterlagen fanden kubanische Diplomaten Ihre Adresse und Ihre neue Identität!"

„Sollen die doch ihren Dreck alleine machen" schrie Margarita förmlich auf. „Was haben denn wir damit zu tun?"

„Indirekt viel, sehr viel haben auch Sie damit zu tun! Ich war die Geliebte Ihres Bruders. Nach seinem Auffliegen als Verräter unseres Landes erforschte man sein ganzes Umfeld, und so kam auch ich ins Schussfeld und musste fliehen. Entweder Sie verhelfen mir hier zu einer neuen Identität, oder ich bringe mich hier vor euren Augen um. Dann werde ich meinem verpfuschten Leben die Krone aufsetzen, indem ich euch in den ganzen Strudel hineinziehe und niemand mehr sicher ist. Kuba ist sehr nachtragend gegenüber Landesverrätern, und hat auch hier in eurem schönen Deutschland seine Leute."

„Noch so gerne mache ich nämlich der Schwester dieses Halunken Schwierigkeiten. Und noch vielmehr dir! Du hast meine stummen und versteckten Annäherungen damals bei der ‚Befragung' in Havanna nicht bemerken wollen, ja sogar missachtet. Mir hat noch kein Mann widerstanden! Doktorchen, auch du sollst die Rache einer verschmähten Frau zu spüren bekommen! Oder aber, ihr helft mir weiter, und wir schliessen Frieden!"

„Sie sind ein verdammtes Luder!", schrie nun Rico ausser sich. „Eine giftige Schlange, die meint, durch Schönheitsoperationen ein unwiderstehliches Weibsbild geworden zu sein. Dabei bist du nur eine widernatürliche eingebildete blöde Kuh!"

Ohne dies zu bemerken, war er in seiner masslosen Wut vom Sie ins du gerutscht. Aber dies war das kleinste Problem.

Das grössere Problem war, als sich Estrella in ihrer Wut gegen alle Welt und ihrer zutiefst verletzten Eitelkeit mit einem gezückten Messer in der Hand auf Rico stürzte. „Also, ihr helft mir, oder ich schneide ich dir etwas ab, was bei Männern anscheinend wichtig sein soll, und dann zerfurche ich das Gesicht deines Püppchens Margarita!"

Diese „Ansprache", voller Wut, Hass und Galle, dauerte aber drei oder vier Sekunden zu lange. Else Wagner hatte genügend Zeit und auch die Geistesgegenwart, vom Klavier eine Bronzebüste von Beethoven zu packen. Sie schlug mit ganzer Kraft auf Estrella ein. Diese stürzte und verlor aufschreiend ihr Messer. Sie lag dann reglos auf dem Boden und ein Blutfaden aus ihrem offenen Mund zog sich über den echten Orientteppich.

„Schade um den schönen Teppich, und schade um den kaputten Beethoven. Beim Kauf dieser Büste wurde uns versichert, sie sei aus Bronze und damit sehr wertvoll. Und nun liegt das Genie Beethoven als Gipsfigur zersplittert am Boden. Aus Bronze war nur ein hauchdünner Überzug. Überall Beschiss!"

„Trotzdem, so ein Saustück sollte man eigentlich mit einem Knüppel erschlagen!", meinte die Wütende weiter. „Alles andere ist zu schade!" Erst jetzt erfasste Else die schreckliche Wirklichkeit und stotterte erschrocken: „Mein Gott, was ist, wenn ich sie wirklich erschlagen habe?"

29

„Nein, Mama! Vorerst keine Polizei und auch keinen Arzt. Ich bin auch Mediziner, falls du das vergessen haben solltest! Aber zunächst danke für deinen mutigen Einsatz. Die Frau muss wahnsinnig sein!"

Nach einer eingehenden Untersuchung stellte Rico fest: „Estrella ist tot! Aber ich glaube nicht, dass dies allein vom ausgeführten Schlag herrührt! Ich rufe einen engen Freund von mir an, der verschwiegen und in der Gerichtsmedizin ein Ass ist. Bis zu seinem Eintreffen und seinem Befund müssen wir die weiteren Schritte planen!"

Margarita, die leichenblass geworden war, legte sich wie in Trance auf eine Couch.

Doktor Hermann Müller traf zum Glück sehr bald ein und liess sich in aller Kürze den Vorfall schildern. „Eigentlich müsste ich die Leiche in die Pathologie überführen lassen. Dies kann aber erst geschehen, wenn die Polizei hier alles geklärt hat. Ich vermute stark, dass der Schlag nicht tödlich war. In der Mundhöhle der Toten fand ich kleinste Überreste einer Kapsel, die vermutlich beim Aufschlag am Boden zerplatzte. Und diese Kapsel könnte Gift enthalten haben. Einige Symptome an der Leiche deuten darauf hin! Also, Rico: Ich rate dir, nun doch die Polizei zu verständigen!"

Else, die sich erstaunlich schnell wieder vom Schock erholt hatte, erklärte nun bestimmt: „Polizei? Hier? Auf keinen Fall. Ich habe noch immer den Namen und die Telefonnummer dieses Idioten beim BND von damals bei mir, als du, Rico, in jenem Schlamassel in Kuba gesteckt hattest. Dieser hatte sich bei mir später entschuldigt, meinen Anruf nicht ernst genommen zu haben. Den rufe ich jetzt an, mit der ausdrücklichen Aufforderung, wenigstens diesmal die Sache ernst zu nehmen und Leute von dort herzuschicken. Wir haben hier eine Leiche, die gewiss für unseren Nachrichtendienst interessant sein kann und sogar hilft, den Mord am Bruder von Margarita vor der kubanischen Botschaft in Berlin aufzuklären."

„Es wäre doch grossartig, wenn wir hier eine internationale kleine Krise zwischen den USA, Kuba und Deutschland heraufbeschwören könnten", meinte Else verschwörerisch, während sie unentwegt versuchte, ihren Mann im BND erreichen zu können.

„Mama, was ist denn in dich gefahren? Du operierst hier ja wie ein durchtriebener Profi in einem Agentenfilm!", staunte Rico.

„Hier sich mit örtlichen Polizeiorganen herumzuschlagen, bringt nichts als Ärger. Hier müssen wir ganz oben Druck machen!" erklärte Else, und ihre Augen leuchteten vor Aufregung geradezu etwas diabolisch. „Kinder, endlich läuft auch bei uns mal die Musik!"

Die diskreten Herren kamen tatsächlich innerhalb von etwa zwei Stunden vorbei und erklärten nach Anhörung der Sachlage den Fall zur „Chefsache des BND". Die örtliche Polizei wurde knapp und kurz orientiert, die Leiche überführt und obduziert.

Ob die örtlichen Polizeiorgane froh waren, nicht in einen zusätzlichen Fall hereingezogen zu werden, oder ob sie aufgrund von Eifersüchteleien zwischen den verschiedenen staatlichen Organen wütend wurden, aussen vor gelassen zu werden, das wird offiziell wohl niemand erfahren. Es interessierte dies gewiss auch niemanden!

Die Obduktion ergab tatsächlich, dass Estrella für alle Fälle – vermutlich meistens – eine Giftkapsel bei sich hatte. Sicher nicht immer im Mund, aber jedenfalls immer in einer Pillendose. Das Labor konnte dies einwandfrei feststellen. Zudem hatte sie Krebs im Endstadium und hätte vermutlich nur noch ein oder zwei Monate zu leben gehabt. Warum sie doch ein solches Theater abzog, blieb ihr Geheimnis. Wollte sie einfach mit einer Tragödie ihr verpfuschtes Leben beenden? Die menschliche Psyche bleibt immer ein Rätsel.

„Ob eine solche Pille nach dem Schlag auf den Kopf von den Beteiligten dieser Estrella gewaltsam in den Mund geschoben und zugedrückt wurde? Kann man nie beweisen", beratschlagten die Fachleute. „Aber ich glaube nicht, dass die Wagners zu einer solchen Tat fähig wären", bemerkte der Chef der Untersuchungskommission. „Schreiben wir doch im Abschlussbericht nichts von einer solchen Möglichkeit! Bis zuletzt müsste man ja alle und jeden verdächtigen. Und wo kämen wir da hin?"

30

Was zwischen Berlin, Washington und Havanna alles ausgehandelt wurde, bleibt „Top Secret". Das Aussenministerium in Havanna teilte lediglich mit, dass eine Person mit Namen Estrella Gomez in Havanna nicht bekannt sei. Nein, eine Frau solchen Namens habe auch nie in einem Ministerium gearbeitet.

„Wollen Sie die Leiche überführt haben", fragte seinerseits das Auswärtige Amt der Bundesrepublik Deutschland knapp, aber freundlich.

„Nein, meine Herren! Zu was denn auch? Wie gesagt, eine solche Person existierte bei uns nicht!"

„Auch nicht unter einem anderen Namen? Sie haben ja alle Fotos und Berichte erhalten!"

„Aber bitte sehr, Señores, was möchten sie uns unterstellen? Wir spielen immer mit offenem Visier und wollen doch die guten Beziehungen zwischen unseren beiden Staaten nicht trüben!"

„Wir werden also die Leiche beziehungsweise die Urne im Grab der Namenlosen beisetzen."

„Tun Sie das! Und jederzeit ¡bienvenido! in Kuba. Wir haben zurzeit wieder prächtiges Wetter und müssen von Ihnen hören, dass es in Berlin leider wieder regnet!"

„Besser Regen als Wirbelstürme", meinte der Beamte am Telefon bissig.

Es kam keine Antwort mehr, denn die Leitung war plötzlich unterbrochen.

31

Es ziehen in den letzten Jahren wirklich erstaunlich viele Deutsche endgültig in die Schweiz. Dies mag viele Gründe haben. Viele lieben dieses kleine und geordnete Land. Viele sind begeistert von den traumhaften und vielfältigen Landschaften, höheren Löhne, niedrigeren Steuern, sprachlichen und kulturellen Verwandtschaft, der politischen Stabilität, weniger Staatsgläubigkeit, um nur einige Vorzüge zu nennen.

Sicher, es gibt auch Argumente dagegen, aber wo nicht? Langweilig, bieder, kleinkariert und weiss der Kuckuck was. Aber was sich neckt, das liebt sich! Manchmal entsteht sogar eine nicht allzu erst zunehmende „Hassliebe". Denn die kleine Schweiz hat und hatte schon immer etwas Angst vor einer Überfremdung und dadurch den Verlust ihrer Identität. Es sind gar viele Nachbarn, zum Teil eben grosse Nachbarn, die von allen Seiten herzuströmen.

Zum andern aber könnte kaum mehr ein Krankenhaus, kaum ein Hotel, kaum eine Bank, kaum ein

Wirtschaftsunternehmen ohne Fachkräfte aus dem Ausland existieren, geschweige denn expandieren. Zudem wird oft in der Schweiz selbst vergessen, dass aus diesem kleinen Land auch bald mal jeder Zehnte irgendwo im Ausland lebt und namhafte Schweizer Firmen in einer Weise expandieren oder andere Unternehmungen aufkaufen, und zwar in allen fünf Erdteilen, so dass dieses kleine Land zu den zwanzig führenden Wirtschaftsmächten zählt.

Der Autor selbst kommt eben beim Schreiben dieses Buches von einem Spitalaufenthalt zurück. Vierzig Prozent der Ärzte, sechzig Prozent des Fach- und Pflegepersonals, alle hochqualifiziert und freundlich, kommen aus Deutschland! Und achtzig Prozent des weiteren Personals von der Küche bis zur Reinigung stammt aus der halben Welt. Wie bitte sollte ein solches Haus weitergeführt werden, wenn es nach den Ideen gewisser Populisten gehen würde und ein absoluter Einreisestopp verfügt würde? Sollte man dann das Spital in ein Aufnahmezentrum für Flüchtlinge und Asylanten umwandeln? Aber das sind ja dann alles auch wieder Ausländer! Oder eine Kaserne für die Armee? Aber auch diese hat neuerdings grösste finanzielle und personelle Probleme! Oder einen Gourmettempel einrichten? Solche gibt es jetzt schon zu viele! Und das ganze Fach- und Hilfspersonal für so etwas findet man ja doch nur wieder bei den „bösen" Ausländern! Lassen wir das doch, wie es ist! Eine Blutauffrischung hat der Schweiz noch immer gut getan!

Hol's doch der Teufel! Das Problem kann als gross angesehen werden oder dann eben auch nicht! Der Teufel? Lieber nicht, denn vielleicht ist der ja auch ein Ausländer!? Es ist ja viele hundert Jahre her, seit dieser nach der Sage in der wilden Schöllenenschlucht die sogenannte Teufelsbrücke baute und als Preis die erste Seele verlangte, die dann über dieses Bauwerk zog. Die schlauen Urner schickten darum dann als erstes einen Ziegenbock über diese für damalige Zeiten fast unwirklich anmutende Brücke. Der Teufel schleuderte aus Wut einen riesigen Stein in die wilde Schlucht und verschwand. Vermutlich nicht für lange!

Es war aber wie verhext, genau zu der Zeit, in der Rico und Margarita an den schönen Zürichsee in eine schöne und natürlich sündhaft teure Terrassen-Eigentumswohnung einzogen, weil Rico als Arzt eine verlockende Anstellung in einer bekannten Klinik erhielt, wurde eine etwas gehässige Polemik gegen die vielen Deutschen in Zürich und Umgebung entfacht. Waren Populisten einer Partei auf Stimmenfang?

Es war schön, sehr schön für Rico und Margarita in dieser lieblichen Gegend, auch wenn sie nicht an der sogenannten „Goldküste" wohnten, sondern auf der anderen Seite des Sees, die etwas scherzhaft auch „Pfnüselküste" genannt wird. Auf Deutsch heisst dies etwa soviel wie Schnupfenküste. Warum denn so was? Nun, dort scheint die Sonne etwas weniger lang. Und darum sei man dort anfälliger für Erkältungen! Natürlich ein Witz, lokale Sticheleien. Immerhin waren aber die Immobilienpreise dort doch noch etwas vernünftiger.

Aber das Fass zum Überlaufen brachte der Skandal über geklaute vertrauliche Kundendaten der Banken. CDs „geisterten" herum. Und der deutsche Staat war sogar bereit, diese zu kaufen und den Schwarzgeld-Besitzern auf die Pelle zu rücken. Alles war halt einfach ein kleiner Wirtschaftskrieg, weil durch die Krise manche Staaten sich unglaublich verschuldet hatten. Oder sind das alles doch nur kleine Reibereien, die aber auf beiden Seiten hochgeschaukelt werden? Jedenfalls hatten die Medien endlich wieder mal Gelegenheit, Auflagen zu steigern und Einschaltquoten hochzuschrauben.

Besonders Margarita staunte nun aber doch über das sogenannte vereinigte Europa und über das Musterland Schweiz. Sie schüttelte nur den Kopf und meinte lakonisch: „Wenn wir in Kuba solche Probleme hätten, so wären wir vermutlich in der ganzen Karibik und in ganz Mittel- und Südamerika das glücklichste Volk!"

Ihre Nachbarn hiessen Klausner. Und sie waren sehr unfreundlich, wenn nicht sogar feindlich eingestellt gegen alles „Fremde". Dabei waren deren Vorfahren auch eingewandert! Nein, nicht nach dem Rütlischwur im Jahr 1291, sondern vor zwei Generationen!

Aber ehemalige Raucher sind auch die fanatischsten Nichtraucher, und ehemalige Eingewanderte sind oft die treusten und bodenständigsten Eidgenossen, die schon bei der Schlacht bei Sempach die Habsburger besiegt hatten.

Die Klausners liessen absichtlich ihren Hund vor der Tür der Nachbarn „Gassi gehen". Sie grüssten kaum. Und wenn Rico sich trotzdem in einem freundlichen Grüezi versuchte, erntete er ein verächtliches Grinsen wegen seines Akzents und hörte sie leise flüstern: „Auch aus dem grossen Kanton? Also auch schuld an der steigenden Arbeitslosigkeit bei uns. Früher drohten eure Panzer und Stukas und heute der Wirtschaftskrieg!"

Eines Tages erlaubte sich Rico, die so lieben Nachbarn mit einem Überraschungseffekt zu überrumpeln. „Vielen Dank, dass ihr netter Hund ab und zu bei uns pisst und scheisst! Wissen Sie, wir verwenden dies immer als Dünger für unsere Terrassenpflanzen. Darum gedeihen sie vermutlich so gut, obschon wir hier an der Pfnüselküste ja weniger

Sonne haben als die reichen Russen, Amerikaner, Araber, Deutschen und Chinesen da drüben bei der Goldküste!"

Schon wollte Herr Klausner mit rot anlaufendem Gesicht eine böse Antwort geben, als Rico weiter meinte: „Wir haben uns erkundigt! Wir freuten uns, zu hören, dass Ihre Grosseltern auch aus Deutschland eingewandert waren. Waren diese hoffentlich Bayern? Oder sogar Preussen? Ach egal, wir sind ja alles Menschen! Und wir haben den Antrag gestellt, auch bald Schweizer Bürger zu werden! Wollen Sie nicht mal mit uns auf gute Nachbarschaft anstossen? Ich darf Sie doch sicher mal zu einem Glas Champagner einladen!"

„Vielleicht später!", erwiderte Herr Klausner, sehr unsicher geworden und auch sehr zum Ärger seiner Frau. Denn diese wollte doch liebend gern mal die Wohnung und Möblierung der „Neuen" inspizieren.

Das „Später" kam eigentlich sehr früh. Etwa drei Wochen nach diesem Gespräch (der Hund verrichtete seine Notdurft inzwischen woanders!) litt Herr Klausner mitten in der Nacht an höllischen Bauchschmerzen und wand sich stöhnend im Bett. Zur Notaufnahme ins nächste Spital wollten die beiden noch nicht, denn die Warterei, selbst bei einem Notfall, ist dort manchmal unerträglich. So telefonierte Frau Klausner trotz Protest ihres Mannes mit Rico, bat tausendmal um Entschuldigung und fragte scheu, ob er nicht mal schnell vorbeischauen könne. Er sei doch Arzt, und ihr Mann winde sich vor Schmerzen im Bett.

„Aber gern, Frau Klausner! Ich bin in drei Minuten bei Ihnen und ihrem Mann!"

Die Diagnose war bald gestellt: Nierenkolik! „Wissen Sie, das ist grausam schmerzhaft! Man sagt, der Schmerzpegel sei manchmal grösser als bei einer schwierigen Geburt. Ich gebe Ihnen sofort eine Injektion. In etwa fünfzehn Minuten sollte der Schmerzpegel etwas abklingen. In etwa zwei bis drei Stunden verabreiche ich Ihnen nochmals eine Spritze. Es besteht die Chance, dass der Stein auf dem natürlichen Weg durch den Harnleiter abgeht und Sie nicht ins Krankenhaus müssen!"

„Als etwa morgens um sechs Uhr Herr Klausner im Klo beim Wasserlösen plötzlich ein „Pling" hörte, und seine Harnröhre heftig zu brennen begann, klaubte er einen kleinen, aber ekligen verzackten kleinen Stein aus der Schüssel. Die Schmerzen verebbten und waren beim Frühstück weg.

„Hör mal, Frau, wir gehen demnächst zu Wagners zu einem Glas Champagner!"

„Endlich" erwiderte sie. Als Doktor Wagner nochmals eine Spritze aufziehen wollte, meinten die beiden: „Danke, nicht mehr nötig. Der Stein ist weg! Wir hätten heute Abend Lust auf ein Glas Champagner."

„Herzlich eingeladen! Freut uns! Und bitte nehmen Sie doch Ihren Hund mit!"

Als ihr Rex am Abend mit dem Ehepaar Wagner nach kurzer Zeit dicke Freundschaft schloss und ständig um sie herumwedelte und sogar lecken wollte, meinte nachher Frau Klausner zu ihrem Mann: „Sind eigentlich doch nette Leute, diese Wagners. Wenn Rex so schnell zu jemandem Zuneigung zeigt, so beweist das, es sind gute Menschen! Rex trügt sich nie!"

„Zeig du nur nicht zuviel Zuneigung zu Herrn Doktor Wagner", meinte ihr Gemahl trocken.

„Herrlich, dass du wieder einmal etwas eifersüchtig wirst! Aber sieh dich auch vor! Diese Kubanerin Margarita ist eine wirkliche Schönheit!"

32

Frau Else Wagner besuchte das junge und glückliche Paar am Zürichsee öfters, eigentlich viel zu oft, und meinte:

„Herrliche Landschaft! Zudem liebe ich den trockenen Humor und das gesunde Misstrauen der Leute hier. Je nach Situation reagieren sie kleinkariert und dann auch wieder weltoffen. Vor allem: Man kann hier mit vielen Menschen über jedes und alles ganz offen sprechen und seine eigene Meinung unumwunden äussern. Dies ist gerade für mich eine Wohltat.

Freilich, manchmal geht für meine Begriffe hier die Demokratie schon etwas zu weit. Dies kann schwerfällig wirken! Was soll man denn abstimmen, ob hier eine Brücke gebaut werden darf, und ob dort eine Schulhauserweiterung bewilligt wird?

Wisst ihr, Kinder, lasst mich doch künftig einfach kommen und gehen, wie ich will!"

„Wie wenn meine Mutter dies bis jetzt noch nie getan hätte", flüsterte Rico Margarita grinsend ins Ohr. Und zu ihr gewandt:

„Gute Idee, Mama!"

„Ich habe doch immer gute Ideen, oder etwa nicht?"

„Aber natürlich!"

„Also, ich werde noch eine Woche bleiben und von hier aus mir noch etwas die Umgebung anschauen! Aber dann geht's zurück nach Nürnberg. Es hat wirklich schon genug Deutsche hier! Aber wenn das Baby da ist, komme ich zur Taufe! Einverstanden?"

„Was bleibt uns anderes übrig", lächelten die beiden undurchsichtig Else an. „Willst du dann auch wieder eine Woche anhängen für Besichtigungstouren in der Schweiz?"

„Aber gerne! Dafür aber kommt ihr dann zum berühmten Weihnachtsmarkt nach Nürnberg! Sonst werde ich zum ersten Mal böse!"

„So was können wir uns nicht leisten, du bisher nie böse gewordenes Mädchen!"

33

Die Nachbarn Klausner am Zürichsee waren friedlich geworden, ja sogar Freunde. Alle Gehässigkeiten hatten aufgehört und waren nun einem gegenseitigen herzlichen „Grüezi" gewichen.

Margarita blickte verträumt über den silbrig glänzenden See in der Abendsonne. „Ist das hier ein Paradies!" Und nun wusste sie bestimmt: „Mein Kind kommt demnächst! Bei mir sind dies keine Nierenkoliken, sondern Wehen!"

Als Rico von seiner Arbeit in der Privatklinik nach Hause kam, meinte er: „Ich werde demnächst für uns zwei die Einbürgerung beantragen. Wir wollen Schweizer Bürger werden! Nur braucht dies wohl auch hier noch etwas Zeit. Von hier möchte ich nie mehr fort, ausser in den Urlaub.

Aber denken wir daran, das wollen in diesem kleinen Land jährlich viele Tausende. Und nicht alle sind darüber glücklich, wenn der Lebensraum immer kleiner wird. Auch du, Liebste, musst zuvor eine Prüfung ablegen, auch in Schweizer Geschichte und Staatskunde. Aber das bringe ich dir gerne bei. Nicht dass du den Wilhelm Tell noch verwechselst mit Fidel Castro", scherzte er überglücklich.

„Warum nur überall so wenig Sicht über den eigenen Tellerrand?" erwiderte Margarita. Die Welt ist doch heute so sehr vernetzt und so globalisiert. Wir sollten doch alles Brüder und Schwestern sein. Aber selbst die Religionen bekämpfen sich, und dies seit Jahrtausenden. Hier sehe ich, dass jeder nach seiner Fasson glauben und zu seiner Kirche gehen kann. Aber die Kirchen sind leer. Und bei uns haben wir keine Kirchen, sonst wären sie voll! Gott ist meist nur noch ein Notbehelf.

Und die Ideologien und Weltanschauungen, die politischen Parteien sogar hier, bekämpfen sich mit allen Mitteln."

„Weißt du was, Margarita?" Wir gründen hier auch eine Partei, mit dem Namen „Die Parteilosen" und mit dem Motto: „Lasst uns über den eigenen Tellerrand hinaussehen!"

„Würde vermutlich schwer werden! Übrigens du kannst die Einbürgerung gleich für drei beantragen. Ich erwarte unsere Tochter vermutlich in den nächsten Tagen!"

„Wunderbar, grossartig! Darauf feiern und trinken wir was. Was kann ich Madame anbieten?!

„Natürlich einen Cuba Libre! Ausnahmsweise, Herr Doktor, auch wenn man dies in der Schwangerschaft vielleicht nicht sollte!"

Nach den ersten Schlucken meinte Margarita schelmisch: „Die Zitronen hier sind aber nicht so gut wie in Kuba!"

„Banause", lächelte Rico. „Du, ich habe noch eine Idee: Wir könnten doch zusammen ein Buch schreiben über unser bisheriges Leben. Das liest sich wie ein Roman. Vielleicht werden wir dann berühmt, und eines Tages bauen die hier uns ein Denkmal! Denk mal, ein Denkmal!"

„Erst wenn wir gestoben sind und wir uns nicht mehr dagegen wehren können. Aber wenn die Stadtverwaltung kaum Geld hat, unser Denkmal zu unterhalten und uns dann doch täglich die Tauben auf den Kopf scheissen? Und wenn nach kurzer Zeit kein Mensch mehr in dieser Stadt weiss, wer hier oben auf dem Sockel versteinert ist?"

„Kluges Mädchen, wie immer! Also lassen wir es vorläufig. Vielleicht kommt ja zu unserem bisherigen Lebensroman noch so einiges hinzu!"

„Ja, demnächst Margarita! Oder weißt du einen schöneren Namen?"

„Es ist für mich der schönste! Und du bist die Liebste!"

„Charmeur! Und nun lehre mich alles über die Schweiz! Kannst du dies überhaupt als Deutscher?"

„Werde mir nur keine Rassistin!"